U0748429

中科院 SELF 格致论道讲坛 著

从浩瀚苍穹
到神秘深海

阅读宇宙

"十三五"
国家重点出版物出版规划项目

2019年度
中国科协学术资源
科普化项目资助

中国科普博览
WWW.KEPU.NET.CN

爱上科学
科学引领未来

人 民 邮 电 出 版 社
北 京

图书在版编目（CIP）数据

阅读宇宙 ：从浩瀚苍穹到神秘深海 / 中科院SELF格
致论道讲坛著. -- 北京 ：人民邮电出版社，2019.12
（爱上科学. 科学引领未来）
ISBN 978-7-115-51035-8

Ⅰ. ①阅… Ⅱ. ①中… Ⅲ. ①航天－演讲－世界－文
集②能源－演讲－世界－文集 Ⅳ. ①I16

中国版本图书馆CIP数据核字(2019)第075835号

◆ 著　　　　中科院 SELF 格致论道讲坛
　　策划编辑　周　璇
　　责任编辑　魏勇俊
　　责任印制　彭志环

◆ 人民邮电出版社出版发行　　北京市丰台区成寿寺路 11 号
　　邮编　100164　　电子邮件　315@ptpress.com.cn
　　网址　http://www.ptpress.com.cn
　　北京瑞禾彩色印刷有限公司印刷

◆ 开本：690×970　1/16
　　印张：10.25　　　　　　　　2019 年 12 月第 1 版
　　字数：180 千字　　　　　　 2019 年 12 月北京第 1 次印刷

定价：59.80 元

读者服务热线：（010）81055493　印装质量热线：（010）81055316
反盗版热线：（010）81055315
广告经营许可证：京东工商广登字 20170147 号

编委会

前　言

中科院"SELF格致论道"是中国科学院计算机网络信息中心与中国科学院科学传播局联合创办的兼具原创性与影响力的科学文化讲坛。"SELF"4个字母分别代表Science、Education、Life和Future，"格致"是"格物致知"的简称，提倡以"格物致知"的精神来促进科学、教育、生活和未来的发展。

该讲坛秉承"精英思想的跨界交流"的宗旨，以科技工作者、学生及社会公众为主要对象，围绕科学、教育、文化、艺术等话题，每月举办一次剧院式演讲活动，将各领域的杰出人士邀请到极具艺术氛围的剧院里，由受邀者以独白式的演讲分享自己的思想、观点和感悟。至2019年5月，该讲坛已经在北京、上海、香港、广州、成都等城市举办了40多场演讲活动，邀请包括知名科学家、艺术家、教育学者、企业家在内的200余人登上舞台进行演讲。

"爱上科学·科学引领未来"系列图书精选了该讲坛2014年至2016年间诸多优秀演讲者的演讲内容，话题覆盖了干细胞、暗物质、暗能量、核能、航天、人工智能、量子通信、机器人、大飞机、北斗、基因测序、精准医疗、医药材料等前沿科技领域，以及家庭教育、学校教育、美术教育、超常儿童教育、创新人才培养等教育领域。经分类整理，形成了6册图书，包括讲述深海深空探索的《阅读宇宙：从浩瀚苍穹到神秘深海》、讲述物理和化学微观世界的《冷原子 热太阳：从量子物理到美丽化学》、讲述DNA与大脑前沿技术的《生命新知：从DNA到大脑的研究》、讲述青少年教育的《出围墙记：青少年前沿教育与心理》，以及"大咖"们分享生活经历的《别人家的孩子，长大都在做什么1：把科学讲给你听》和《别人家的孩子，长大都在做什么2：艺术在每个角落》。希望这一系列图书能让更多的人尤其是青少年朋友了解前沿科学的进展，体会科学的魅力，感受各领域"大咖"们坚持不懈追求梦想的精神和勇气。

注：本书中未标明出处的图片，均来源于文章作者本人。

序　一

科学教育、科学普及漫谈

中科院SELF格致论道讲坛让我给青少年讲些鼓励的话。由于我已八十四岁，比青少年多走了些"弯路"，所以我就谈谈其中一些深刻的体会。

人各有志，"三百六十行，行行出状元"。但一个人很难样样都做好。通常只能在你擅长的事中挑重要的做，在重要的事中挑擅长的做。

《卖油翁》这个故事中出现了两个人物，其中的卖油翁倒油非常准，而陈尧咨射箭非常准。故事里卖油翁觉得陈尧咨射箭很准这件事，"无他，但手熟尔"。而当我们跳出故事来看，同样是"但手熟尔"，卖油翁和陈尧咨的人生却截然不同，这就是一个方向的问题，你选择的方向一定程度上决定了你未来的人生。有成就的人能够取得突出成绩、能够对国家和人民有贡献，多是因为挑好了方向。

有了方向更得努力。通常有成就者花了几十年时间才能做好一件大事，这就需要有乌龟或蜗牛的精神，始终朝一个方向爬，而不能像兔子那样东奔西跑，最终偏离了方向。培根曾说过，跛脚而不迷路的人能够超过健步如飞却误入歧途的人。我认识一位国内做数学教育的专家，他花了数十年时间最后找到了正确方法，结果比世界上很多人都做得更好。很多人不肯花数十年时间只做一件事，他们像兔子一样坐不住；而有些人肯花几十年，像乌龟或蜗牛一样坚持不懈，最终爬到了顶峰。只要你抓住好问题，肯下笨功夫，就可以做得很好。我觉得有人选择出国学习，这当然很好，但有人在国内做得更好。比如于敏，他没有出过国，却成了中国的氢弹之父。他对国对民有多大贡献，大家都有目共睹。

习近平总书记已将科学普及与科技创新提到同等地位，我们迎来了科普的春天。只有当一项科研成果能够借由科学普及的翅膀传播开来，它对国家和人民的贡献才能广为大众所知。例如青蒿素，在它首次被合成出来到其发现者获得诺贝尔生理学或医学奖，已经拯救了无数生命，但直到媒体因为它的发现者可能获奖，而对青蒿素为人类健康做出的贡献大加报道的时候，大众才真正了解了屠呦呦的工作成果。如果能够更简单易懂地解释各项科研成果，让青少年和大众知其然且知其所以然，那对于我国的科学普及来说真是一件大好事。我这里强调一下，真正的科普并非易事，如果你能提供比现有科学界、教育界所提供的更简单的科学解释，那你也是科学家。

——林群

中国科学院院士

中国科学院数学与系统研究院研究员

序 二
科普，不仅仅是知识的传播

听闻中科院"SELF格致论道"讲坛推出的这套科普丛书即将出版，我非常高兴。作为一个科研工作者，我一直很赞同科研人员根据自己的具体情况适当参与科普工作。一方面，作为科研人员，我们有义务用掌握的知识解答国民最为关心的热点科学问题或相关社会问题，揭露伪科学；另一方面，做科普也能推动科学发展，让更多人了解科学，提升科学在公众尤其是青少年中的影响力，从而吸引更多的人投入到科研工作中来。

此外，科普不能被狭隘地理解为科学知识的传播。从这一意义上说，科学传播是一个更好的概念，我们向公众传播的除了科学的知识或常识，还包括了科学的精神、科学的逻辑与思维，而后者或许对提高国民的科学素质、弘扬科学文化有着更为深远的意义。所谓的科学精神，在我看来，至少应当包括：探索创新的精神、对事实的客观判断与尊重、理性的质疑、逻辑的思维与推理，以及对失败的包容等。科普不能停留在让大家知道"这是什么"，还得让大家知道"为什么、如何做、有什么问题"，只有这样，才能加深公众对科学的理解和认识，激发他们内心对科学的好奇心。科学的发展很大程度上就是好奇心驱使的，我们应该重点培育公众的探索精神，这也是科学精神的启蒙。

而对于解释"为什么、如何做、有什么问题"这样的问题，科学家有不可替代的作用。科学家最了解前沿科学进展，最能体会科学研究既有发现的乐趣，也充满曲折和艰难。他们也最有资格告诉公众，科学是不断发展的，虽然我们现在解决了一些问题，但是还有很多问题是现在科学无法解决的，科学是神圣的，但不是万能的，而且科学研究还需受到科学伦理的约束。

科学家应该如何传递科学精神？过去几年科学普及历史性地被提升到了国家战略的高度，全国各学科领域涌现了一大批崭新的科普形式。在众多科普活动中，我所了解的中科院"SELF格致论道"讲坛组织的演讲活动，可以说是其中的佼佼者。他们邀请科学家登上演讲台，分享自己的科研经历和故事，讲述科研过程中碰到的问题和烦恼、解决问题的思路和方法以及问题解决后的狂喜，他们不单纯追求知识的传播，还着眼于科学精神和思想的传递、科学情怀的抒发，通过经历、方法、观点来打动公众，让公众真正体会到科研的曲折和科学魅力。可以说，中科院"SELF格致论道"讲坛抓住了科普"传递科学精神"的精髓。

经过5年时间的积累，中科院"SELF格致论道"讲坛现在要推出这套内容涉及天文、地质、生命、物质等科学领域的图书，我相信将会有更多的青少年读者从这些科学家所讲述的经历和故事中受到启发和激励，或许还能追随他们的脚步，步入科学的殿堂。而对更多已经步入成年的读者来说，这也是难得的科学熏陶，或许他们不会从事科学的研究，但一定会成为推动科学精神与科学文化植入民族之魂的重要力量。

——周忠和

中国科学院院士

中国科普作家协会理事长

中国科学院古脊椎与古动物研究所研究员

序 三

科学启蒙一百年 科普进入新时代

一百年前的1919年，以青年爱国学生为主发起的五四运动在中华大地爆发。他们打出了"德先生"和"赛先生"这两面旗帜，倡导新文化运动。从科学传播和普及的角度看，这可以说是中国的第一次"科学启蒙"。由于当时中国社会面临的危机是民族存亡，"德先生"和"赛先生"并没能在中国真正落地。然而，五四运动促进了反封建思想的发展，最终诞生了中国共产党，从西方传来的马克思主义在中国生根开花，与中国的实际相结合，夺取了革命的胜利，建立了新中国。经过四十多年的改革开放，我们进入了中国特色社会主义新时代，才有了今天中华民族复兴的大好局面。

1956年，党中央号召全国人民"向科学进军"，可以说是中国的第二次"科学启蒙"。政府随后制定了发展科学技术的"十二年规划"和"十年规划"，催生了以"两弹一星"为代表的一大批科技成果，建立了新中国的工业体系。然而，由于当时中国急需的是国防和工业技术，因此更多的是在"向技术进军"，"科学启蒙"还没有放在重要的位置。1978年全国科学大会召开，邓小平同志发表了"科学技术是生产力"的著名论断，"科学的春天"到来了，这可以说是中国的第三次"科学启蒙"。从那时到现在，对知识的渴望和追求就一直是中国社会发展的主要动力之一。所以，我更愿意把1978年的"科学的春天"，称为"科学知识的春天"。

这三次"科学启蒙"都对中国的发展起了关键的作用，有力地推动了社会的进步、文明的发展和国家实力的迅速提升。然而，直到今天，中国社会整体的科学素养仍然有待提高，科学精神仍然比较缺乏，伪科学在许多地方依然以各种面目招摇过市，谣言和骗局也仍有其传播的土壤。中国社会迫切需要第四次"科学启蒙"。

2016年，习近平总书记在全国科技创新大会、两院院士大会、中国科协第九次全国代表大会上指出："科技创新、科学普及是实现创新发展的两翼，要把科学普及放在与科技创新同等重要的位置。没有全民科学素质普遍提高，就难以建立起宏大的高素质创新大军，难以实现科技成果快速转化。"这是首次把"科学普及"提到了前所未有的高度，吹响了中国第四次"科学启蒙"的号角。以高度重视"科学普及"为标志，这一次"科学启蒙"的深度、高度和广度都是前所未有的，必将对中国的发展产生深远的重要影响。

科普的重要性无须再讲，全社会对科普的热情和支持也是前所未有的。那么科普应该怎么做：对谁科普？科普什么？怎么科普？谁来科普？

从我这么多年做科普的经验来看，科普的对象几乎是所有人，从幼童到老人，各种专业、各种职业，在职的、退休的都有，比常规教育的覆盖面要广得多。然而，科普又不能取代常规教育，只能是教育的补充。那么"科普什么"就很重要了。由于离开学校之后，大部分人就失去了系统学习的机会，所以通过科普获取知识，尤其是获取那些学校不教或者关于科学前沿发展的科学知识，就是不少人参加科普活动的目的之一，这也理所当然地成为科普的目的，同时这也是大部分科普活动的主要内容。然而，如果没有科学素养的提升、缺少科学精神、不掌握科学方法，就会出现边学边忘、人云亦云的情况。今天社会上骗局和谣言层出不穷，这是主要原因。因此，我们不但要普及科学知识，更要普及科学方法和科学精神，使得公众具有明辨是非和自我学习的能力。

尽管科普很重要，然而对于绝大部分人来说，"被科普"尚不是刚需，大家只会选择参加"有吸引力"的科普活动，也只有在参加了科普活动之后觉得有收获了才会继续参加。而对于做科普的我们来说，我们希望传达的信息能够尽可能多地被接收。因此，科普活动本质上更像是一种"通信"，有发送方，有接收方，而通信的效果只能以接收方接收到的有效信息量来评估。即使发送得再多、再深刻、再精确，如果接收方没有收到，通信就是失败，科普就没有效果。

那么怎么做科普才能使效果好呢？我总结了九个字：抓热点、接地气、讲故事。"抓热点"就是用热点的主题吸引公众参加，"接地气"就是要消除与公众的距离和障碍，"讲故事"才能够始终留住公众的注意力。我个人做科普就是十足的"机会主义者"：捕捉各种热点（例如星际穿越、引力波、流浪地球、黑洞照片等），通过公众喜欢的各种途径（我自己不做微信公众号、博客或者微博，但是会利用各大流量媒体、平台），以各种方式进行科普，在科普中穿插各种桥段和故事。经常有人向我提起我很久以前在某个科普活动上讲过的故事，而我甚至都不记得了。

那么谁应该做科普呢？我认为应该有三个群体。第一个群体是做科学新闻报道的媒体人，第二个群体是科普专业工作者（比如科普作家，或者由科学家成功转型的作家），第三个也是最大、最主要的群体就是科技工作者，主要是指正在从事科学研究的职业科学家。这三个群体各自都有其优势和不足。我本人特别支持多样性，特别不喜欢千篇一律，这背后深层次的原因和我的美学理论有关（我曾经在SELF讲坛上做过演讲，这里省略一万字）。因此，我希望这三个群体都能够扬长避短，使我们新时代的科普能够百花齐放，既有红牡丹的艳丽，也有白牡丹的素雅，也包容黑牡丹的卓尔不群。

我自己属于第三个群体，是职业天文学家。第三个群体虽然具有知识以及亲身做科研的优势，然而就科普的效果来讲，有特别大的提升空间。一方面，我们工作特别忙，根本不是什么"996"能够打住的，我们的全职工作就是全时工作，即使不在实验室、办公室或者家里工作的时候，也都在思考学术问题，所以能够抽出所谓的一点点业余时间做科普实在是非常大的挑战。因此，我们的演讲和科普文章就延续了工作的模式，与学术报告和学术论文区别不大，力争全面、系统和严谨；也许是抓了热点，但是既不接地气，也不讲故事，结果就是发送方很辛苦，接收方收获很小，听众乘兴而来，扫兴而去！有一次某地科技馆的一位老师告诉我，她组织了上百场科学家的科普报告，她自己受了上百次煎熬：实在是听不懂，但是既不敢离场，也不敢睡觉，事后还得感谢科学家！

这个问题怎么解决呢？到 SELF 的舞台来，18 分钟，一个观点，一段故事，一个火花，一次通信效率满分的科学普及！我参加过多次 SELF 的科普活动，做过演讲，担任过主持人，甚至还作为辩论人与我的好朋友进行过一场大辩论。SELF 不仅与嘉宾商讨确定"热点"话题，也请专业演讲培训老师指导嘉宾，确保每一个演讲都既"接地气"又"讲故事"；SELF 平台不仅仅是做了很多场科学普及的活动，我觉得更重要的是培训了一批优秀的科学家科普人。本丛书就是 SELF 科普成果的一个缩影，你值得拥有！

——张双南

中国科学院高能物理研究所研究员

中国科学院粒子天体物理重点实验室主任

"慧眼"卫星首席科学家

〔目 录〕

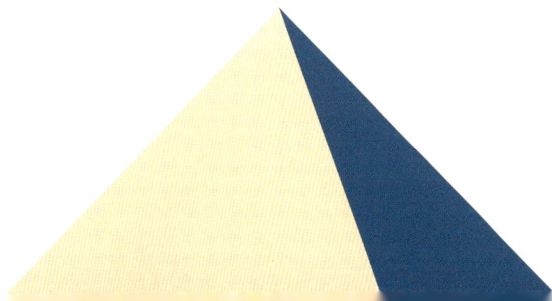

Education

Science

Life

Future

第一章

人类走向深空

郝蕾

/

阅读宇宙

郝蕾，天体物理学家、中国科学院上海天文台研究员、博士生导师；毕业于美国普林斯顿大学，获天体物理学博士学位；曾在美国康奈尔大学和得克萨斯奥斯汀分校做博士后，是第三批中科院"引进国外杰出人才"；主要从事星系形成演化相关的研究；2005 年利用 Spitzer 空间望远镜，首次在 I 型活动星系核中观测到尘埃在中红外波段的硅发射线，支持了活动星系核统一模型，对了解活动星系核的内部结构有着重要意义。

提起"天文"学，大家可能感觉既熟悉又陌生。每个人都可以仰头看星星、看天空，但天文学究竟是什么呢？我与陌生人聊天，和他们谈起我研究天文学的时候，得到的反应是五花八门的。有的人会和我聊天气，说天气预报怎么不准呢，有的人会问我，知不知道外星人、UFO是怎么回事，还有人会和我聊星座……其实这些都不是我平时所接触到的天文研究。

稍懂行的人，会提到太阳或者星星之类的。当然，还有一些非常可爱的天文爱好者，他们对天文研究会更了解一些。有时候他们会亲自拍摄天体，把平时看不到的美景带到我们面前，这非常令人感动。

但是，这些美丽的照片和我平时接触到的天文研究还是有点差距。那么天文学究竟是什么呢？其实天文学真正让我心潮澎湃的，并不是美丽的照片，而是这些照片背后呈现出来的故事，以及破译这些故事的过程。

一开始我并不是研究天文学的，我读研究生的时候才转入天文专业。那时候，因为要准备一个学期报告，所以我开始系统地读一些文献，随后我惊奇地发现：哇！天文学家怎么对宇宙、恒星、星系知道得这么多！

比如，我们都知道宇宙是膨胀的，可是天文学家居然知道这个膨胀是加速进行的，也就是说，宇宙膨胀得越来越快。这些结论不是胡说的，而是有事实根据、有严密的逻辑推理的。而且，这样的逻辑推理读起来容易理解并合情合理。当时，这给我的震撼非常大。

宇宙好像一本书，以前我只看到封面美丽的图片，现在我开始读图片里的内容了。

比如，有些星系是有结构的，有的星系中心有像雪茄一样的棒旋结构，还有的星系具有螺旋结构；而有些星系是没有结构的。这些没有结构的星系，颜色看上去更红一些；而在旋涡里面的星系，颜色看上去更蓝一些。天文学家就是通过研究这些天体的模样、形状、大小、颜色及它们发出来的各种各样的光谱进行推测，聆听它们给我们讲的故事——天文学家就是在做这样的事情。

比如，宇宙是怎么来的，它将要演化成什么状态？现在这个状态的银河系是怎么来的？太阳又是怎么出现的？太阳最后会有什么样的命运，这样的命运对地球有什么影响？是否还有像地球这样的行星？这些都是天文学家在研究的问题。

怎么阅读宇宙呢？我给大家举一个例子。大家都知道我们生活在银河系里，那么有多少人亲眼见过银河系？很遗憾，现在很多人生活在城市里，城市的灯光太亮了，而银河系的表面亮度很低，所以在城市里人们就不太容易见到银河了。

这里有两个问题。一是你觉得在银河系里，太阳大概在什么位置？二是如果我们从上往下看银河系的话，银河系是什么样子？这样的问题恰恰就是天文学家在银河系领域比较热衷的研究方向。

天文学家怎么做呢？他们通过测量远近不同的恒星离地球的距离以及观察它们的运动状态，从而建立某种模型来推测、构建银河系的样子。

假如从上往下看银河系的话，银河系的中心有一个雪茄样的棒旋结构，颜色偏红，里面有很多年老的恒星。在这之外，它还有若干条旋臂，但银河系的旋臂到底有三条、四条、五条还是六条，这是大家现在争论的焦点之一。

棒旋结构的银河系（图片来源于NASA）

太阳距离银河系中心大概有27 000光年。银河系里有很多恒星，有的质量比太阳大很多，有的质量比太阳小。把这些恒星的质量加起来，我们可以算出银河系的质量大概相当于500亿个太阳的质量，这是一个很酷的数字，为什么呢？因为我们就像万物主宰者一样，拿着一杆秤去称银河系到底有多重。

但是天文学家发现，银河系的总质量应该比所有恒星加起来的质量还要大得多。有多大呢？它的质量应该至少有6 000亿个太阳的质量那么大。天文学家为什么会这样说呢？这是因为银河系必须有这么大的质量，才能拽着银河系里的恒星高速转动。

比如，太阳现在以220km/s的速度绕着银河系转动。这个数字是什么意思呢？就是说我们现在好像是坐着没有动，但如果在宇宙的框架下来看，实际上我们是动得非常快的。

假设不考虑地球的公转、自转，也不考虑银河系自身的运动，仅仅考虑太阳绕着银河系的转动，我们每秒就已经飞出去220千米了。这么高的速度，就要求银河系必须达到一定的质量，否则太阳就飞出银河系了。而太阳没有飞出银河系，这表示银河系里一定有某种质量在拉着银河系里的恒星转动。这些多余的质量是什么？天文学家也不知道，只知道存在这么个东西。因为看不见，所以天文学家称它们为暗物质。

银河系是有邻居的，它并不是一个孤单的星系，而是处在一个叫本星系群的群体里面。这个群体大概有30～50个星系，大部分星系的个体比银河系矮小。但是它也有一个大的邻居——仙女座大星云（M31），其尺寸比银河系还要大，它距离银河系大概有250万光年。

仙女座大星云（M31），距银河系250万光年（图片来源于NASA）

关于仙女座大星云，有一个非常有趣的故事。研究发现，银河系和仙女座大星云在以非常快的速度靠近，这说明在45亿年后的未来，银河系将要撞上仙女座大星云。

45亿年后，银河系将要撞上仙女座大星云（图片来源于NASA）

在宇宙中，星系和星系之间的碰撞是经常发生的。但银河系毕竟是我们的家园，如果银河系和仙女座大星云发生碰撞的话，太阳会怎么样？太阳会撞上什么东西？会灰飞烟灭吗？

好消息是，这种事情是不会发生的。

为什么呢？因为在宇宙中，相比于它们自身的尺寸来说，星系和星系之间的距离不是很大，所以它们撞在一起的概率较大；但是，星系里面的恒星很小，相比于它们自身的尺寸来说，恒星和恒星之间的距离要大得多。所以，即使星系撞在一起，恒星撞上的概率也是非常小的。

是不是这样说就确定了呢？好像也不是。天文学家模拟了银河系和仙女座大星云撞到一起的状况。在碰撞过程中，这两个星系中的恒星与恒星之间、气体与气体之间的命运是不一样的。

恒星的命运是什么？它们在这种碰撞中会丢失角动量，然后会很快地聚集到星系中心。也就是说，太阳在这样的碰撞中，很可能会急速地掉到更靠近星系中心的地方。

一般来说，星系中心的高能辐射会很强，如果太阳掉进去了，对人类来说可能是一场大灾难。假如人类在这场碰撞中存活下来，恐怕也没有几年好日子过，因为太阳的寿命也有限了。

大概在50亿年以后，也就是碰撞发生后的大概几亿年，太阳里的氢就"烧"光了。"烧"光后，太阳会进入第二个阶段——红巨星阶段：它开始"烧"里面的氦，因此它的体积会变得非常巨大。

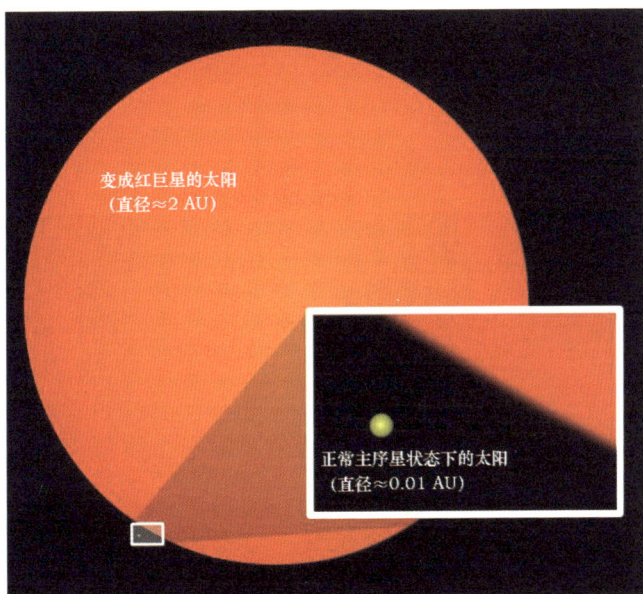

变成红巨星的太阳（大）与正常主序星状态下的太阳（小）
（图片来源于维基百科，遵从CC BY-SA 3.0协议）

也就是说，在这张图片里，本来在左下角的小黄点，会在红巨星阶段变成一个大红球。这个大红球的直径，基本是现在太阳到地球的距离的两倍，它会完全地把地球吞噬掉。到那时候，地球就没有了。

从银河系的图片中，我们可以解读它们的故事。我们不仅看这些照片本身，还能够通过某种物理规律看到它的过去、预测它的未来，这是天文学特别有意思、特别有魅力的地方。

天文学另一个让人心潮澎湃的地方，就是我们能去理解、阅读的宇宙要比想象的大得多。

太阳系大家族看上去成员很多，其乐融融。但如果真的飞到上面去看的话，你会发现太阳系真是太空旷了。不仅仅是太阳系，整个宇宙都是这样的。

土星左上角有个很小的点，是地球（图片来源于NASA）

这张照片显示的是土星。这张照片最特别的地方不在于土星本身，而在于它左上角的这个小点。有人说这个小点是木星，有人说是彗星，实际上它是我们的地球，也就是我们现在的家园。这说明宇宙是非常空旷的。

如果在不同尺度下不断放大太阳系，那么在最小的图里，地球轨道就是一个小圆圈，如果把它放大到整个太阳系尺度上的话，它就消失了。

也就是说，太阳到地球的距离，在整个太阳系的尺度上是极其微小的。

再打个比方，如果用现在最快的火箭把人送出去，以直线距离冲出太阳系，用中华民族上下五千年的时间，它也只能飞到太阳系1/4的地方，可见这个空间真的非常大。即使它飞出了太阳系，到距离人类最近的一颗恒星，也还要再飞逃离太阳系的距离的三倍。（编者注："逃离太阳系的距离"是一种说法。如果从地球到太阳系边界的距离是r的话，从边界再往外飞3r，就到离我们最近的一颗恒星了。）

银河系有几千亿颗恒星，飞到离人类最近的恒星都这么费劲，想要飞出银河系就更不可能了。这么一想，是不是觉得很灰心，好像没什么可能？但是不要灰心，因为天文学家有一种"神器"——望远镜。

虽然星际旅行不太可能实现，但借助天文望远镜，人类可以实现视觉上的星际旅行。

假设我们坐在宇宙飞船上，飞船以大概每秒几十光年的速度从太阳往外飞去，就可以看到银河系里很多漂亮的星云，还可以看到很多恒星、气体。有些灰黑色的地方就是尘埃，你可以把它想象成PM2.5，实际上它比PM2.5还要更稀薄。

如果我们飞到太阳上面，就可以看到银河系的中心有一个叫核球的地方；再飞出银河系，就可以看到我们的邻居仙女座大星云的旁边有一个星系——M33。

　　由于望远镜本身的限制和身处银河系的限制，会有一些和实际情况不同的地方。比如，越往远处走，看到的星系越红。其实这是一种选择效应。也就是说，我们越往远处走，那些红的星系因为很亮才能被望远镜看到，那些更暗的蓝色星系是看不到的，所以就无法在图像里显示。所以，天文学家一直想建造更强大的望远镜，看到更广的宇宙空间。

　　天文学用的望远镜有很多种类，几乎覆盖了电磁波的所有波长。2016年，中国科学家在贵州省建造了口径为500米的FAST望远镜，这是世界上口径最大的望远镜，可以用来探测星系里面的中性氢气体和脉冲信号。

　　我主要研究的是电磁波段里的光学和红外这一部分。云南省丽江市的高美古观测台有一个口径为2.4米的望远镜，这是中国最大的普通用途的望远镜。我一直致力于在它上面配备一个光谱仪，正是通过这个项目，我深刻地体会到天文学实际上是一个很丰富的科学，它涉及了工程技术等很多领域的内容。

　　比如，我们在实施这个项目的过程中要在3 000多米的高美古高原爬上爬下，细致的时候，需要关注一个小螺丝，或者一根非常纤细的光纤；粗犷的时候，需要搬运几吨重的镜面、架子。正是通过这样的项目，我慢慢地意识到自己真正的兴趣。我不仅对科学感兴趣，也对这种有粗有细的工程技术感兴趣。

天文学的丰富性让我对它如此着迷，我很庆幸把研究天文学作为职业，它每天都带给我新的挑战，让我不断地开阔视野，沉淀自己的心灵。

阅读宇宙就是在阅读自己，这是一次非凡的心灵之旅。

扫一扫 看演讲视频　　　　　　扫一扫 听演讲音频

郑永春
/
人类走向深空

郑永春，博士，行星科学家、科普作家、中国科学院国家天文台研究员；2016年获美国天文学会卡尔·萨根奖，成为获得该奖的第一位中国科学家；在国内率先研制出模拟月壤国家标准样品，获得世界首幅高分辨率全月球微波图像，发现200多个热异常区域，备受行星科学界关注；担任中国科普作家协会副理事长兼新媒体专业委员会主任、青年科学家社会责任联盟理事长、香江学者联谊会创会理事长。

我应该算是中国较早的那几批环保专业的本科毕业生之一，现在席卷全国的雾霾和环境污染问题，20年前我们就已经关注过，并且大致可以预见到现在的局面。2002年左右，那时探月工程尚未立项，我认定中国一定会探测月球，于是冒着一定的风险投入其中。

我的本科是学习和研究土壤的，但后来上了研究生，我希望跨界研究月球的尘埃，也就是月球上的PM2.5。月球的尘埃比地球的PM2.5毒性更大，是未来登月航天员面临的最主要的困难之一。未来，我还希望可以模拟火星上的土壤和尘埃，研究如何在火星上种植作物。我的本科专业是农学，研究生期间学的是地球科学，毕业之后又到了天文台，研究对象从地球到月球，又从月球到了火星。这样的跨度大吗？其实不大。

我们为什么要走向深空？未来我们能去哪里？我们怎么去呢？

地球——这颗悬浮在太空中的蔚蓝色星球，承载了我们所有的悲伤喜乐。所有人的工作、生活，房子、车子，乃至战争、爱情，都是在这颗星球上发生的。我们关心的是这些身边的东西，却没有人关心这颗星球在宇宙中的处境。如果我们的地球遇到危机，人类所有的一切都将无所依存。

太阳系从内向外排列，一共有八颗行星，地球只是太阳系的八大行星之一。除此之外，太阳系还有无数的小天体——彗星、小行星、矮行星和行星的卫星。在这么多星球中，人类将去往何处？

首先要做的事情，就是客观认识我们在宇宙中的真实处境，这个问题很少有人关心。在太阳系的四个类地行星——水星、火星、金星、地球中，地球是最大的。但是与木星、土星、天王星和海王星比起来，地球很小，它只有木星大小的 1/1284；和太阳——太阳系唯一的恒星比起来，地球显得更渺小。太阳系内数以万计的所有天体质量加起来，也不到太阳质量的 0.1%，太阳系 99.9% 的质量集中在太阳上面。但如果把银河系加进来，我们会看到更惊奇的场景，在银河系中，太阳只是一颗中等质量、中等寿命的普通恒星，它甚至远离银河系的中心。

地球上的生命万物所依赖的太阳，其实并没有什么了不起。银河系中像太阳这样的恒星有数千亿颗，我们甚至都不知道银河系究竟是什么样的，有多少条旋臂，"不识庐山真面目，只缘身在此山中"。

我们只是生活在银河系某一小"山村"里的一个渺小族群，只能从峰峦叠错的山脉之间的缝隙，窥到一点外面世界的面貌。就是依据看到的这一点点，我们绘制了银河系的结构，但事实上它可能并非我们现在绘制的这样。

再把宇宙加进来，我们就更找不到自己在哪里了。我们不在宇宙的中心，而是在宇宙的一个角落，看着整个宇宙不断地膨胀，我们发现自己是如此渺小和卑微。正如德国哲学家康德所说的："这个世界上只有两样东西让我深深敬畏与震撼，一个是我们头顶的灿烂星空，另一个是我们内心崇高的道德准则。"

"以天之道，解物之语"。进入航天时代的 50 多年来，人类已在太阳系内所有主要天体留下足迹。深空探索的航天任务一共有 200 多次，每次任务的成本至少几十亿元人民币、几十亿美元，我们在太阳系里已经投入了上万亿美元。为什么要做这样的事情？人类的航天器已经飞遍了太阳系的每个角落，而中国的航天器才去了月球——离地球最近的一个天体。全世界的航天器已经累计去了140多次月球、45次火星、43次金星，因此我们的路还很长。

人类的未来取决于我们对自然界的理解，我们要从自然法则中寻找人类的未来。通过这些深空探测任务，人类的航天技术和地外生存能力得到了提高，人类所认知的知识疆界得到了拓展。这些科学技术的进步，不断修改着教科书，吸引和鼓舞着未来年轻一代的探索者，也就是你们。

八大行星所在的区域只是太阳系很小的一部分。八大行星中最外面的一颗行星海王星离太阳约30个天文单位，45亿千米，矮行星冥王星离太阳约四五十个天文单位，五六十亿千米。2015年7月，人类历史上飞行速度最快的航天器之一——新视野号，时速达到75 000千米，也是飞了10年之后才到了冥王星，用最快的航天器也要飞3万年左右才能飞出太阳系。

黑夜给了我们黑色的眼睛，我们却要用它来寻找光明。环视宇宙，我们发现，地球只是阳光下一个暗淡的、蓝色的小圆点，就像悬浮在阳光中的一粒尘埃，没有什么了不起的。

然而，当我们看到阿波罗8号任务从月球上拍到的地球"升起"，又会雄心勃发，因为这是我们从月球上拍到地球正从月球的地平线上升起。我们每天都会看到太阳的升起和落下、月亮的升起和落下，但当我们登陆到另外一个天体时，就将看到地球的升起和落下。

月球上拍到的地球"升起"（图片来源于 NASA 阿波罗 8 号任务）

太空探索增进了我们对宇宙的认识，可以改变我们的世界观。它既让我们认识到自己真实的处境，知道自己多么渺小，也让我们雄心勃发，让人类走得更远。

人类在地球的最终命运是什么样的呢？对此，我们要有清醒的认识，火星和木星之间存在着大量的小行星，这些小行星不时会撞到地球，人类最终将迎来灭顶之灾。

在太阳系中观察，我们发现月球、火星和水星的表面都是密密麻麻的撞击坑，地球也不例外。虽然现在地球上已经确认的撞击坑约200个，但真正的撞击坑肯定不止这么多。我们发现，已经确认的大部分撞击坑分布在北美洲、欧洲和澳大利亚，为什么中国只有1个？

不是我们幸运，而是因为中国的文明太过古老，经历了太多的沧海桑田，所以大部分撞击记录没有了。已经确认的撞击坑大多保存在戈壁、沙漠以及原始森林等荒无人烟的地方。在太空中，直径一两厘米大小的像塑料球那样的碎片，就可以把坚硬、实心的铝板撞击出几十厘米的大坑，小行星撞击的威力实在是太大了。

6 500万年前，有一颗小行星撞击了墨西哥湾，漫天的尘土遮蔽了整个地球，太阳光无法穿透，地球瞬时降温，变成了一个雪球，90%以上的生物在那次撞击事件中灭绝了。其实小行星撞击这样的事情并不遥远。1908年，有一颗小行星撞击了俄罗斯西伯利亚的通古斯地区，几千平方千米的原始森林瞬间就没有了。

1994年，苏梅克-列维9号彗星被木星的引力撕裂成20多块碎片，先后撞击木星，其中一个碎片在木星上形成的暗斑，就已经可以装下整个地球。如果有任何一个碎片落在地球上，人类或许已经灭绝了。2013年春节，一颗小行星碎片撞击了俄罗斯小城车里雅宾斯克，造成1500人受伤，7 200栋房屋受损。

　　除了小行星撞击，超新星爆发、高能宇宙射线爆发和地球磁极反转这样的事件也会危及地球上的生命。

　　500多年前，哥伦布发现了美洲新大陆；500年之后，他发现的新大陆已经成为全世界最发达的地区之一。这就是深空探索的价值，我们要在太阳系中发现新世界。

　　在新视野号探测器首次飞到冥王星时，我们发现冥王星展现给我们的第一眼居然像一颗爱心。这颗望远镜中暗淡的小不点，成了大众喜闻乐道的"萌"王星。在太阳系中发现新大陆的意义，不亚于500年前发现新大陆的意义。

　　半个世纪前的1969年，人类第一次登陆月球，这对航天员来说只是迈出了一小步，但对人类而言是能力提升的一大步。未来，我们将从地球出发，先登陆月球，在月球驻留；再登陆火星，在火星驻留。这几年，我们在火星上发现了液态水，发现火星的地下有厚厚的冰层，火星的大气层曾经非常浓密，甚至有可能曾经孕育出生命，这给了我们新的希望。

　　人类将沿着探索火星、登陆火星、改造火星、移民火星的脉络逐步地推进。我认为，未来人类登陆火星不是梦想，电影《火星救援》的场景不是科幻，而是若干年以后的现实，因为火星是整个太阳系中最像地球的行星。我们选择去火星，不是因为火星比地球更美好，而是因为如果地球遇到灭顶之灾，我们的后代要有一个避难所。探测火星的目标之一，是寻找另一个宜居的星球，使人类能够实现同时在两个星球上生存的美好愿景。

勇于探索的心永远年轻，敢于挑战的人永远自信。太空探索是全人类共同的事业，这个事业需要梦想和激情。不管是何种种族的人，都会为人类探索太空的行为感到激动，它是全人类共同的主题。

如果中国在深空探索领域投入经费、做出贡献，它的成果将修改全人类的教科书，拓展全人类的知识疆界，被全人类铭记。中国未来的科学技术进步应该造福全人类。

在地球上，人类已经存在了10万年，而文明的历史才5 000年，飞出地球和外界沟通信息才有几十年的历史。如何在太阳系、在地球上继续生存10万年，这是人类面临的重大命题。

我们的征途是星辰大海。

扫一扫 看演讲视频　　　　扫一扫 听演讲音频

陈学雷

/

天籁，聆听宇宙的声音

陈学雷，本科毕业于复旦大学物理系、硕士研究生毕业于北京大学物理系、博士研究生毕业于哥伦比亚大学物理系，先后在俄亥俄州立大学物理系、加州大学圣塔芭芭拉分校理论物理研究所工作，2004年年底回国入选中科院百人计划，获得国家杰出青年科学基金，现为国家天文台宇宙暗物质与暗能量研究团组首席科学家、探测暗能量的国家"863"计划项目"天籁计划"首席科学家。

宇宙是怎样开始的呢？有人说，宇宙开始于一个大爆炸。是的，这是20世纪一些科学家提出来的一种大胆猜想，后来这种理论被观测证实了。既然宇宙开始于大爆炸，那么它有没有结束？未来又是什么样子呢？

其实，提出宇宙大爆炸理论的科学家们也做了一些预言。他们假定宇宙中充满了各种物质，然后使用爱因斯坦的广义相对论去预测宇宙的命运。

这个预测的结果就像下面这幅图。大家可以看到，左图展示的是大爆炸的过程，而右图展示的是对宇宙未来的预测。

宇宙在大爆炸以后，就一直膨胀。但是，由于万有引力的作用，膨胀速度变得越来越慢，变慢以后会怎么样呢？这就取决于宇宙中物质的多少和膨胀的初始速度之间的关系。

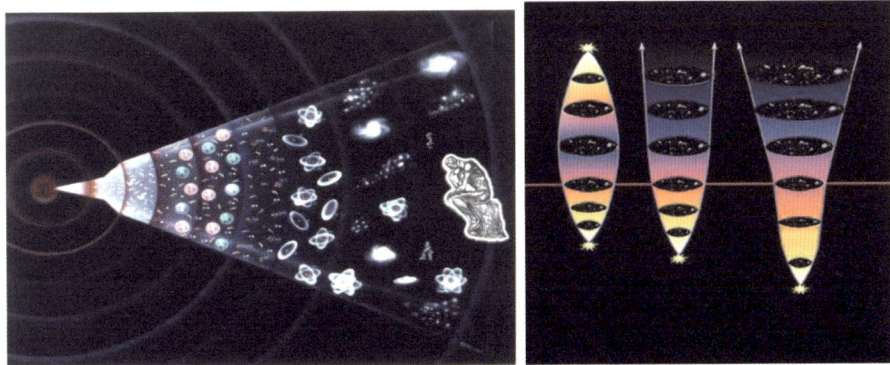

宇宙大爆炸提出者对未来的预测

如果宇宙膨胀的初始速度不是很快，而物质很多，那么造成的结果就是膨胀会慢慢减速，减到一定程度很可能就停止了。然后宇宙又开始收缩，收缩到一定程度以后，最后会进入一个叫"大坍缩"的状态（下页图左一）。大坍缩之后宇宙会变成什么样子？我们还不知道，因为到那个时候，所有的能量和密度都太高了，用现在的理论无法描述。

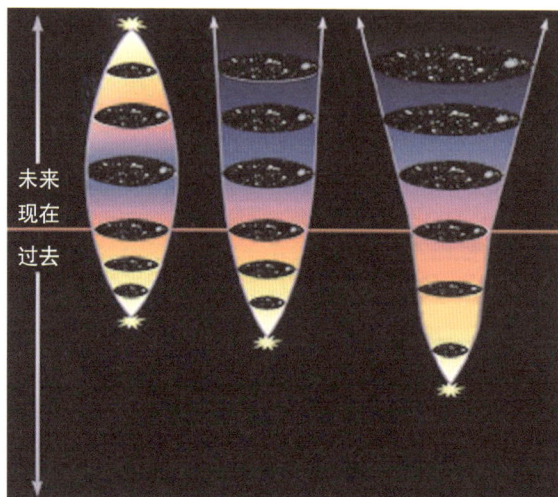

对宇宙未来的三种预测

如果宇宙最初膨胀的速度比较快，而物质并不是很多，万有引力也会使宇宙的膨胀减速，但是这种减速可能不足以使它停下来，这样的话宇宙就会一直膨胀下去。也就是上图中右边的两种图景——它一直膨胀。

这就是过去大家对宇宙未来的推测。到底这三种情况哪一种是对的呢？

在20世纪80年代，一些科学家想要解决这个问题，他们想到的办法是去测量不同时刻宇宙膨胀的速度。

下图展示的是日常生活当中很常见的测量速度的方法。测量宇宙不同时刻的膨胀速度，情况略有不同，但道理是一样的。当然，宇宙学的一个很大的问题在于，我们并不知道怎么测量距离。

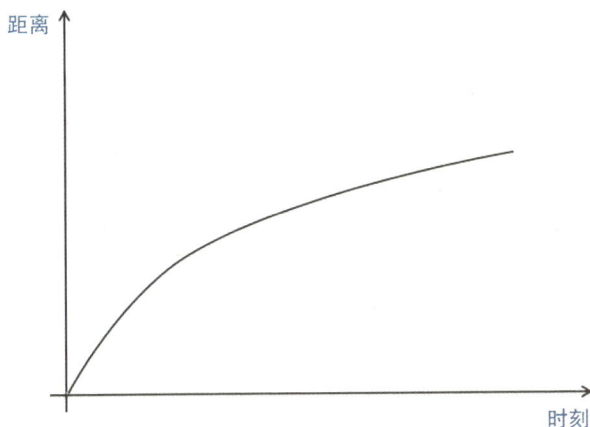

常见的测量速度的方法

实际上，想要测量地球与太阳这样一个离地球比较近的天体的距离就很不容易，要测量与更远处天体的距离，就更难了。

但是科学家还是提出了一些方法。一种办法就是通过所谓"标准烛光"来测量距离。

什么叫标准烛光呢？19世纪时，人们为了研究光学，发明了一种比较标准的蜡烛。如下页图所示，点亮这些蜡烛以后，亮度都是一样的。我们把它们放在不同的距离上，可以看到，越远的蜡烛看上去越暗一些，这就是标准烛光的作用。我们知道它们的绝对发光亮度，又可以测出它们看上去有多亮，对这两者进行比较，我们就可以知道天体到底有多远了。

那么我们有没有这样的蜡烛呢？科学家们找到了一种这样的"蜡烛"——IA型超新星。

用标准烛光测量距离

什么是超新星呢？我们看到天空中的星星，有 些暗，有一些亮，亮的大多是离太阳系比较近的一些恒星，有的时候这些恒星会突然爆炸——往往是因为它到了寿命尾期，或者由于它的核心坍缩，或者是由于吸积了别的物质。

蟹状星云（图片来源于NASA）

比如，在公元1054年的宋朝，大家突然发现一颗星非常亮，在白天都可以清楚地看到。这颗星就是著名的1054年超新星，它遗留下来的爆炸痕迹今天还可以在天空中看到，也就是如上图所示的蟹状星云。

如下页图所示，这颗超新星的爆炸亮度最大的时候，可以达到太阳亮度的100亿倍。一个星系中一颗超新星爆发以后，会非常亮。

虽然它这么亮，但是要在宇宙距离（哈勃距离）上看到它，还是很困难的。我们需要在非常远的地方找到这样的超新星。在漫天星斗中，有一个地方稍微亮了一点儿，亮的那一点儿可能就是颗超新星。

超新星（图片来源于NASA）

超新星有不同种类。其中一种超新星叫作IA型超新星，它的亮度经过一些修正后，就可以作为一种标准烛光，我们可以拿它来确定距离。

20年前，国际上有两个相互竞争的科学家团队，这两个团队有一个惊人的发现。他们本来是要测量宇宙到底是在持续地膨胀还是会减速收缩的，结果他们发现这两种猜测都不对。他们发现宇宙膨胀是在加速膨胀，并且越来越快！这个结论轰动了全球，其中贡献最大的几位科学家还因此获得了诺贝尔物理学奖。

这就给我们提出了一个问题：为什么宇宙膨胀速度越来越快？大爆炸理论提出者的预言错了吗？科学家们进一步地提出了各种理论，最终得到了一个结论——宇宙当中可能含有大量的暗能量。

现在宇宙中的普通物质只占5%左右，剩下的95%以上都是我们不知道的物质，其中有20%以上就是所谓的暗物质。虽然暗物质不发光，我们看不到它，但是根据它的引力可以推测——它在星系或者星系团中大量存在，占宇宙总物质的20%以上。

暗物质的性质还不难理解，它毕竟是会产生万有引力的。但暗能量的性质就非常奇异了——它使宇宙膨胀加速，也就是说相当于某种万有斥力一样，所以，这是一种很神奇的东西。正因为它的这种神奇效应，我们给它起了个名字叫作"暗能量"，但它到底是什么，我们其实并不知道。

有了暗能量以后，宇宙的命运就会发生很大的变化。它不但在膨胀，而且膨胀得越来越快。这样下去宇宙会出现什么情况呢？

宇宙膨胀后其他星系渐渐远去

上页图就展示了一种可能性：现在我们的星系周围还有很多别的星系，但是宇宙这样膨胀下去，而且越来越快的话，别的星系就会越来越少，因为它们都膨胀到远处去了。900多亿年以后，很可能最后就剩下我们自己的星系孤零零地在这里，周围什么星系都看不见了。宇宙就可能会在永恒的孤寂中结束，但这也只是一种可能。因为我们并不知道暗能量到底是什么，所以它也存在着别的可能。

还有另外一种可能，暗能量有可能会越来越多。如果越来越多的话，很可能不只把别的星系膨胀到远处，没准我们自己的星系也会被拉散，甚至地球会被拉散，原子会被拉散，这种情况就叫作"大撕裂"。在这种情况下宇宙会变成什么样子？我们又不知道了。

还有一种可能，也许暗能量现在在驱动宇宙加速膨胀，但在未来某一天，它又会反过来使宇宙收缩。

所以，这些可能都是存在的，我们只有解开宇宙的暗能量之谜，才能够了解宇宙的命运将会是什么。

我们怎么解开这个谜呢？

首先，我们需要对它做一个精确的测量，把数据提供给做理论研究的人去分析。理论研究者很多——我原来也是一个纯粹做理论研究的人——但目前的暗能量理论大概有几百种，这些理论都没有充足的证据。

所以，我们需要观测并解决这个问题。那么，超新星的观测是不是足够了呢？很多科学家对超新星是一种标准烛光的这个说法是质疑的，也许存在着一些奇异的超新星，我们误解了它，有没有这种可能呢？有的。

解决这个问题的办法，就是用尽可能多的方式去测量它。其中一种办法就是用宇宙大爆炸时产生的声波振荡来测量。

声波振荡为什么能用来测量距离呢？

水塘中的雨滴波纹（图片来源于网络）

大家看上图中的水塘，落下来的雨滴会在上面留下很多圆形的波纹，显然波纹是雨滴打到水面上激起的。如果仔细看的话，这些波纹有大有小，为什么会有大有小呢？因为雨滴落进去的时刻是不一样的。但是，假如把一桶水泼到湖面上，你会发现所有的水都是同一个时刻落在水上的，它激起的波也是同样的，也就是所有的圆环都是同样大小的。如果有一种数学方法能对这些同样大小的圆环进行分析，我们还可以看出来这些圆环已经膨胀多大了。

用这种办法，我们提供了一种新的"尺子"，就是宇宙距离的"标准尺"，这是测量宇宙距离的另一种方法，可以检验甚至更精密地测量暗能量。

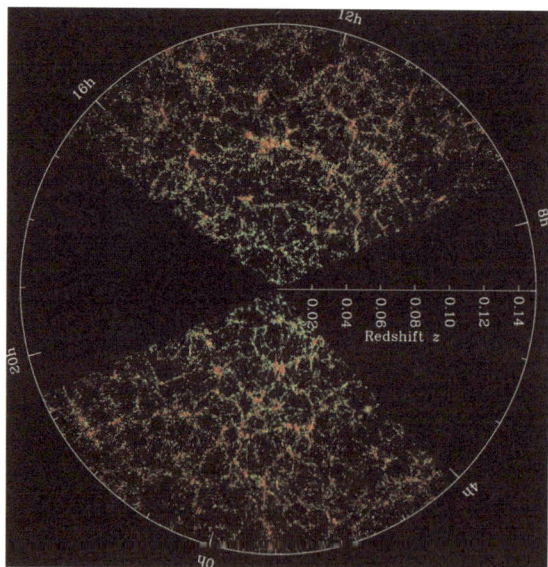

宇宙中的星系分布

可能大家会问，宇宙中的"水"是什么呢？"水"在这个情况下就是星系的分布。通过上面这幅图可以看出，我们相当于站在中心，向周围及远方望去，宇宙中存在着大量的星系。图中的每个点，无论是橘色的点，还是绿色的点，实际上都代表一个星系。

这些星系分布的状态，如果大家仔细看，它其实是不规则的。但是它好像又暗含着某种规则，即它看上去像是一些纤维状结构，但是我们看不出来有什么特殊之处。

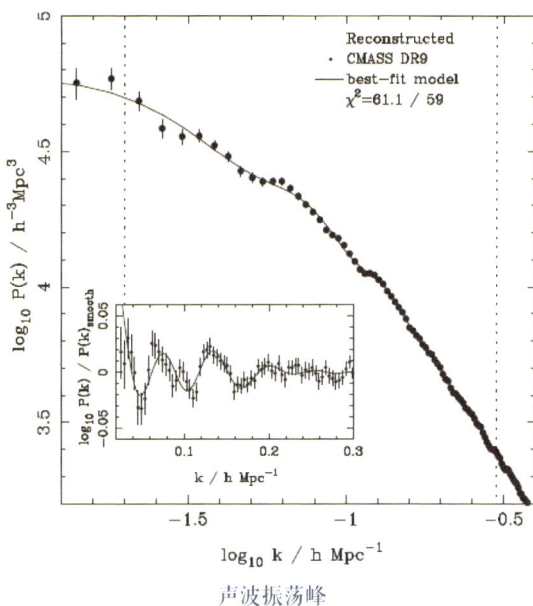

声波振荡峰

把星系分布分解成不同波长，就会得到上图。你会发现，该图整体在比较大的尺度上（上图左侧），比较高；在小的尺度上（上图右侧），又会降下去。在降下去的过程当中，有一些振荡的痕迹。如果把整个降下去的这部分去掉，你会看到中间的小插图里有振荡的痕迹。这个振荡的尺度就告诉我们宇宙不同的距离尺度，通过波形振荡的尺度我们就可以了解宇宙距离是多少，是怎么膨胀的。

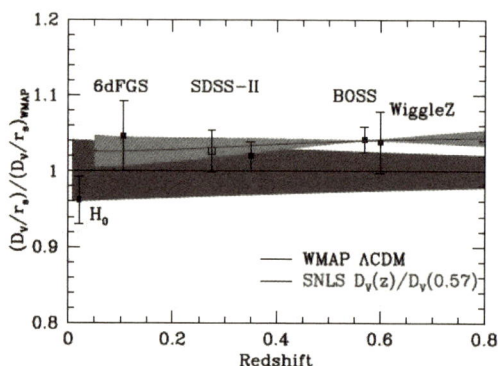

不同方法得到的观测结果

　　用不同方法得到的观测结果如上图所示，其中灰色线代表的是原来用超新星做的观测，蓝色线代表的是用这种方法测到的结果。我们会发现蓝色线都在灰色线的上面。这是几年以前的一次观测，数据也在不断地变化。但是我们会发现用超新星和用声波振荡的方法测出来的距离，并不完全一致。这到底是误差造成的，还是有什么更深刻的意义？我们现在还不了解，还需要更精确地观测。

　　国际上把暗能量作为当前一个重大的科学问题，科学家做很多实验去测量它，包括在未来发射卫星，如欧几里得卫星、WFIRST卫星，还包括升级一些地面的大型望远镜去进行观测等，但是这些观测大部分是在光学波段的。这样也会产生一个问题，像刚才说的，我们看不到暗能量，这些观测都是有很多假定的，那么光学观测所看到的都是同样的恒星，会不会又有一些我们不了解的效应在欺骗我们呢？

射电观测即无线电观测提供了另外一种视角。下图展示的是光学观测看到的星系（左）和用射电波段看到的同一个星系（右）。在无线电波段或者叫射电波段，我们能看到什么呢？宇宙中最多的一种元素——不是在暗物质和暗能量中——在普通的物质中，最多的一种元素是氢，因为氢元素在宇宙大爆炸中就形成了。

光学观测与射电观测下的星系

氢元素会产生一种波长为21厘米的辐射，大家知道波长21厘米实际上就是一种微波，这种微波辐射是可以被探测的。如果我们去测量这个辐射的强度，就会看到星系中的中性氢，或者说看到氢原子是怎样分布的。这里展示了一个星系里的氢原子，所以我们希望提出一种新的方法，也就是用微波或者无线电去进行观测，当然观测难度是很大的。

美国的 Arecibo 望远镜

上图展示的是美国的 Arecibo 望远镜，它的口径是 300 米，在之前几十年里，它都是世界第一的射电望远镜。

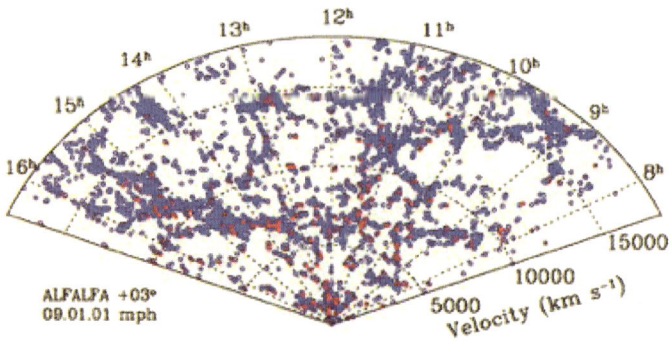

美国的 Arecibo 望远镜观测到的图

我们可以看到，它观测到的图上，如上页图，有很多蓝点，是光学观测的；还有一些红点，是无线电观测的。你会发现红点比蓝点少很多，而且距离也不是很远，这就说明，无线电观测的灵敏度比光学观测的还是差一些。

那么，有了更好的望远镜是不是就能看得更远了呢？

大家都知道，中国建成了世界最大的单天线射电望远镜FAST。2006年，我回到天文台不久，FAST总设计师南仁东先生提出了要研制FAST。他建议我考虑用FAST做宇宙学的研究。我发现FAST虽然灵敏度提高了，但是它观测的距离还是有限的。FAST虽然已经很大了，但是看星系还是不太清楚，看不太清楚的话会不会有影响呢？

后来我仔细想了一下，发现问题也不大。虽然看不见单个星系，但能看到它们整体的分布，所以用这种方法还可以进一步提高灵敏度，看到更远的宇宙。我还想到，除了FAST本身可以做这方面的研究，也可以考虑研制专门的望远镜，也许用更小的成本就可以实现更好的探测。

于是我们提出了"天籁计划"。这时候国外也有很多人提出了同样的想法，所以我们组成了"天籁联盟"。"天籁"这个词来自庄子，他在《齐物论》中提到"天籁、地籁、人籁"。"地籁"，像风刮过山谷的声音；"人籁"，像人吹奏乐器的声音；天籁是什么呢？我的理解是"天籁"

是宇宙的一种韵律。我们想要探测宇宙大爆炸产生的声音，然后用它去理解暗能量到底是什么。

提出了这个想法以后，我就从一个纯粹做理论研究的科学家，转变成了一个兼做理论和实验的人。但是我一个人是完不成这个实验的，很多同事和同学帮我一起做这个实验，当然面临的挑战是巨大的。

实际上到目前为止，宇宙距离上的中性氢，全世界就有好多个实验在做，但谁也没有做到。为什么呢？因为如果你去看宇宙远处的中性氢，会发现在它前面叠加着一个很强的亮光，这个很强的亮光来自银河系。这就是银河系的前景辐射，比21厘米的辐射信号强10万倍左右。所以要想看到这个21厘米的辐射信号，就好像在白天想要看到星星一样——星星在那里，但是它被淹没在大气散射的阳光中了。我们必须用非常精密的手段把前景辐射减掉，才能看到这个信号，那么能不能减掉呢？

幸运的是，大自然还是给了我们一个机会。因为银河系产生的这种同步辐射，或者说前景辐射，是一种频谱曲线很光滑的东西，是一条直线，或者是稍微有点儿弯曲的光滑的曲线。如果我们把这个东西减掉，就会展现出氢原子的分布，从而看到21厘米辐射强度的变化。所以原则上这是可以做到的，但是它需要非常精密的仪器和复杂的数据处理手段。

2012年，我们得到立项支持以后，就展开研究。但是，我们还需要选一个最好的站址，因为天文产生的射电信号是非常微弱的，而地面上的雷达、电视、手机都会产生很强的干扰信号，我们必须避开这些干扰信号。怎么才能找到干扰信号最少的地方呢？

通常人烟越稀少，干扰信号就会越少。但是，如果跑到无人区或者海岛上，也有一个问题——电力、通信、道路等相关设施比较落后。

我们跑遍了全国，选了100多处可能的站址。我们一开始想设置在内蒙古，但遗憾的是，内蒙古虽然人烟比较稀少，但地形太平了，一望无际的大草原，电波都可以传过来，干扰还是比较严重。

在FAST望远镜的周边，我们也做过选址，但最终还是放弃了。因为这个地方的山很陡，人可以带着设备走到里面，但是车要翻过山就比较困难了，需要专门炸山修路，这对我们的这种小实验来说，成本太高，周期太长。

最后我们去了新疆，在新疆也跑了好几十个点。下页图是我们最后找到的新疆巴里坤，它位于新疆的东部，是"丝绸之路"上的一个小城，非常美丽，旁边就是雪山，也有汉代和唐代遗留下来的"烽燧"。

新疆巴里坤

我们最后选的站址离小城还有160千米，人非常少，偶尔会碰见一些牧民、骆驼和羊。

在站址安装天线

我们在这里开展望远镜的建设工作。在这个过程中，同事们和同学们都付出了艰苦的努力。冬季大雪封山的时候，有时同事们需要步行几千米，来这里进行维修和测试，如上页下图所示。我们组的吴锋泉副研究员能写论文，也能开铲车、修铲车，还会搭建各种东西。当时到天线区做维修工作，为了节省时间，一去一整天，他就带几个馕。夏天场地里有一些野生的沙葱，他就拔几根沙葱用水洗一下，就着馕吃。

建成的望远镜阵列——天籁阵列

上图就是我们建成的望远镜阵列——天籁阵列。前面一些圆形的叫碟形阵，后面是柱形阵。为什么要弄出两种阵型？其实到现在也有一些争论，到底哪一种更有优势？我们希望通过比较研究来了解判断，为下一次更大规模的实验做准备。

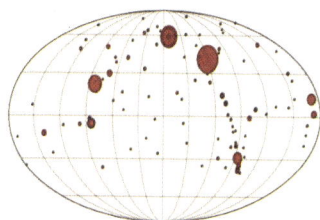

NVSS（1.4GHz）射电源星表中5Jy
（Jansky 的缩写，流量密度单位）
以上的亮源

2016 年 9 月 27 ～ 30 日观测数据所成天图
（750MHz 附近 5 个频点的平均结果）

其他望远镜观测的天图及初光观测天图

我们在2016年首次实现了初光的观测。大家可以看到，上图右边就是我们用初光观测产生的天图，左边是用其他望远镜在之前观测到的天图。

大家会看到，左边天图上的一些东西，右边也都看到了，但是右边还有一些左边没有的。这当中有的是辐射强度不断变化的源，如太阳造成的，也有的是初步结果里的一些假象，可以通过进一步的数学处理把它去掉。我们下一步就要研究怎么把它处理掉，以获得更好的图像和功率谱。

如果我们成功的话，就要把这个阵列扩展出来，观测整体。这样会得到一个非常好的暗能量模型，甚至有可能探测到暗能量到底是不是在随着宇宙的膨胀变化。

其实，这个实验是有争议的，很多人不一定完全赞同我的观点，不相信我们能取得成功。但是我为什么要做这个实验呢？是发表更多的论文吗？不是，原来我做理论研究的时候，只要动动脑子，很快就可以写出论文，而我其实是要花很多时间做实验工作的。更容易出成果吗？当然也不是，这个工作实际上全世界目前都还没有成功，大家都在进行探索。能保证取得成功吗？我们不敢保证，因为有一些21厘米辐射的实验已经进行10多年了，现在也没有探测到。可以说，我们现在尝试做这个工作，并不知道什么时候能够取得成功。

但是我为什么要去做它呢？因为我觉得，它给了我一个探索宇宙和发现新事物的机会。两年前，人们第一次"看"到了引力波，它轰动了全球。但是你知道吗，引力波的概念被提出以后，经过了近百年的尝试，从20世纪60年代韦伯等人开始做实验，一直到现在，经过几十年几代人的尝试，才最终实现了这样的探测。这就是科学探索真实的样子。实际上，我还认为我们的实验很可能会比探测引力波的实验先成功，但现在探测引力波的实验已经成功了，我们还没有成功。但是我相信，迟早有一天我们也会取得成功！

扫一扫 看演讲视频　　　　扫一扫 听演讲音频

第二章

地面 30 千米以上

徐颖

/

来自星星的灯塔

徐颖，中国科学院空天信息研究院研究员、博士生导师，从事北斗相关研究工作十余年，是中科院光电研究院建院以来最年轻的研究员和博士生导师；主要研究在复杂环境下，辅助北斗系统实现连续高精度定位的多源融合导航增强技术；2014年登上中科院SELF格致论道讲坛，分享关于北斗系统的研发故事《来自星星的灯塔》，广受公众欢迎，被誉为"北斗女神"。

前几天我去一个同学家玩，他们家的小姑娘问我："阿姨，我怎么才能不让我爸爸每天实时监控我的手机位置信息呢？如果我把我的手机SIM卡取下来，我的手机还能够被定位吗？"

我想明确地告诉大家，取下手机SIM卡以后，手机依然能够定位。手机定位采用的是卫星导航定位系统，与手机SIM卡的移动系统是没有关系的。

卫星导航定位系统是一群距离我们2万千米的"星星"，它们不会发光也不会发热，我们甚至用肉眼都无法观察到它们。它们就像图钉钉在我们头顶上空，为我们提供着定位服务。卫星导航系统，简称为GNSS系统，在GNSS俱乐部中一共有4位VIP会员，除了大家熟知的美国GPS系统，还包括俄罗斯的GLONASS系统、欧盟的伽利略系统以及中国的北斗卫星导航定位系统。

北斗卫星导航定位系统，是中国自主建设的卫星导航定位系统，现在正处在建设和应用推广的阶段。由5颗静止轨道卫星和30颗非静止轨道卫星组成，这30颗非静止轨道卫星中包括27颗MEO卫星和3颗IGSO卫星。北斗卫星导航定位系统预计将在2020年左右具备提供全球性服务的能力。

在GNSS俱乐部中，会员小伙伴们关心的第一个问题是频率资源问题。频率资源是一种国际上的公有资源，不是想用就能用，想买就能买的，所有频率资源都要向国际电联提出申请，由国际电联进行划分。就像高速公路车道一样，每个系统都有它自己的车道，否则就会发生撞车的情况。

在卫星导航系统建设的初始阶段，也就是建设相对比较早的GPS系统和GLONASS系统时，频率资源相对比较充沛，不存在频率资源冲突的问题。到了建设北斗系统和伽利略系统时，频率争夺战就非常明显了。

当时伽利略系统提前申请了频率资源，后来由于欧洲出现了经济危机，伽利略系统的资金链断了，所以他们当时只是发射了这个卫星，占用了轨位，并没有向下发射这一频率的信号。根据国际电联"先到先得"的规定：哪个国家能够先把卫星发射上去，并且向下发射了频率信号，那么这个频率资源就是谁的了。

在这种情况下，2007年4月17日就是北斗卫星导航定位系统申报频率资源的最后期限，这意味着北斗首颗试验卫星必须提前发射，这在中国航天史上是非常罕见的。通常卫星发射只有延迟，没有提前，因为提前会带来一系列的问题。经过各个部门的配合，为了争夺频率，4月14日，这颗火箭已经在西昌卫星发射中心准备发射了。4月14日的凌晨4点07分，现场又发现新的问题。火箭上有一个供气连接器没有按照规定脱落，这会带来什么影响呢？毫不夸张地说，火箭、卫星，甚至整个发射场，如果3分钟内不能解决这个问题的话，就会发生灭顶之灾。

在这千钧一发的时刻，发射指挥员临危不乱，在1分钟之内下了7道指令，4点07分发现问题，4点11分火箭就带着北斗试验卫星成功升空。4月14日北斗试验卫星发射成功，4月15日卫星实现了变轨，4月16日卫星开始向下发送信号，在距离4月17日北斗申请的频率资源失效前的24小时内，中国正式启用了北斗申报的频率资源，也就此拉开了北斗全球系统建设的帷幕。但是这还不是在北斗卫星导航定位系统的建设过程中给我印象最深的卫星。

在GNSS俱乐部中，会员小伙伴们关心的第二个问题是：雷电和什么不般配？卫星发射。卫星发射的时候，火箭箭体中充满了燃料，一点点火花就能引起箭体的爆炸。1987年，美国大力神火箭在大雨中发射，升上天空1分钟后，在空中遭到了雷击，立刻发生了爆炸。

所以，遇到雷电的时候，卫星发射通常是会推迟的，但是在2011年7月，发射北斗卫星导航定位系统的第九颗卫星时，遇到的也是一个电闪雷鸣的天气，而发射工作却在正常进行，为什么"明知山有虎，偏向虎山行"呢？

因为北斗系统不是单颗卫星系统，而是组网星座系统。对于组网星座系统而言，每颗卫星在空间中都必须有既定位置，因此北斗系统不仅要把这颗卫星发射到固定轨道，还要把这颗卫星发射到轨道中既定的位置。要满足这样的条件必须有发射窗口，而这一天就是不可多得的发射窗口，如果错过机会，有可能要推迟4个月，甚至推迟1年才能够迎来一个新的窗口。

当时北斗系统正在如火如荼地建设中，如果推迟发射，进程必然会延误，带来的经济损失不可估量。当时指挥部决定冒雨发射，在两次雷电的间隙按下了发射键。非常幸运，北斗卫星导航定位系统的第九颗卫星成功升空了。同年年底，北斗系统开始试运行。现在，北斗系统已经发射了22颗卫星，能够为中国以及周边地区提供非常稳定的导航定位和授时服务。

北斗系统已经发射了这么多颗卫星，那北斗系统到底有什么用呢？首先，业内有这样一句名言："卫星导航定位系统的应用只受个人想象力的限制。"毫不夸张地说，作为一个典型的国家重器，它就像水、电、公路一样，是社会建设的基础保障。欧盟曾经估算，如果卫星导航定位服务中断两天，就会给整个欧洲带来超过10亿欧元的损失。

北斗系统有一些典型应用：可以应用于野生动物保护，如保护藏羚羊迁徙；可以应用于消防营救能够在火灾时为营救人员提供方向；可以应用于军事，安装了它以后，中国军事精确打击的精度由千米变为几十米；可以应用于海洋渔业，海洋上可用的通信和定位手段都是非常少的，北斗系统同时提供了定位和通信功能，使渔民的生命安全得到了有力保障；在中国规定的"两客一危"中，它能够实现大型车辆的跟踪和监控；可以应用于精准农业，在农业现代化中实现精密控制；还可以应用于大型集装箱的航运和海运，在运输过程中提供精准的位置服务，并进行监控。

以上这些只是北斗系统应用中的一小部分，其中提到的通信功能是北斗系统区别于GNSS俱乐部小伙伴们的最大特点，也就是说只有北斗系统具有通信功能。那么通信功能到底有什么用呢？美国GPS之父帕金森教授曾经这样盛赞中国北斗系统的导航通信一体化功能："既能够知道你在哪里，也能够知道我在哪里，这是一种多么美妙的体验。"

就比如一个人漂流到了孤岛上，如果他选择的是GPS卫星导航定位系统，那么他只能知道自己在什么位置，却无法通知别人前来救援，因此他还是只能继续在荒岛上艰难求生；而如果他选择的是北斗系统，情况就完全不一样了，他不仅可以知道自己的位置，而且还能够把位置发送给方圆几十千米、几百千米甚至千里之外的人。

但为什么现在大家好像很少用到北斗系统，用GPS系统多一点？这都是有历史原因的。GPS系统比北斗系统早建设了大约20年，20年的历史鸿沟可不是一朝一夕的技术能够填补的，GPS系统的应用和技术都已经非常成熟，比如，现在1片GPS系统的芯片大约2美元，而北斗系统经过国家的大量努力和推广，它的芯片价格可能仍然在百元人民币左右。

"用不起"制约着北斗的发展，但这并不是制约的主要因素，不敢用、不想用，才是制约北斗系统发展的根本原因。

北斗系统从诞生到现在，虽然已经通过多方面证明，其精度和可靠性完全不输GPS系统，但是人们似乎对北斗系统仍然有着种种质疑。大概在2011年，网上有一条新闻传得沸沸扬扬，即清华大学有一位女生破解了北斗系统。当时媒体使用的标题是"清华女生破解北斗系统送给美国""北斗系统上百亿的投资打水漂"等，比较耸人听闻。北斗系统真的如此不堪一击吗？当然不是。

事实上真正不可靠的是GPS系统。因为GPS系统只对我们开放了民码，而且GPS民码信号在战争期间很容易改变，美国就曾经在海湾战争时对欧盟关闭了GPS信号，因此欧盟才开始建伽利略系统。对我们来讲也是如此，为了保障可靠性，中国开始建设属于我们自己的北斗系统。

再回到清华女生破解北斗系统的新闻上，实际上她只是破译了北斗系统民码信号的1个伪码序列。首先，在北斗系统的建设过程中，民码的设计和GPS系统、伽利略系统都是一脉相承的，并没有特殊设计。中国希望全世界人民都能使用北斗系统，令其不仅是中国的，也是世界的，所以清华女生破解没有经过加密和特殊设计的伪码序列是没有技术难度的。从科学研究的角度来讲就是一个简单的信号检测与估计的问题。2012年年底的时候，中国已经公布了北斗系统的ICD文件，民码的伪码也已经广而告之，希望全球的接收机厂商都能够用这个ICD文件生产相应的北斗接收机。

　　除了民码之外，北斗系统还有军码，破解军码的难度是非常大的。军码经过了加密和特殊设计等，是稳定可靠的。如果想破解军码，我们建议采用最简单的方式——研制时空穿越机穿越回到设计北斗系统军码的时候，在旁边偷听一下。这个方式会比从技术上来破解北斗系统军码的方式更容易一些。所以，北斗系统非常好用，并且非常稳定。

　　作为一名普通的卫星导航科研工作者，我相信北斗系统这一艘巨轮在大家的支持下、在科研工作者的不懈努力下，一定可以继续乘风破浪，走向世界。

扫一扫 看演讲视频　　　　　　扫一扫 听演讲音频

陈艳红

/

地面30千米以上

陈艳红，中国科学院国家空间科学中心副研究员、空间环境研究预报室研究组组长，华中师范大学学士、中国科学院武汉物理与数学研究所硕士、中国科学院空间科学与应用研究中心博士，长期从事空间环境的观测、研究和预报工作，主持多个国家级重点项目，在核心期刊发表多篇学术论文。

如果大家去过南极、北极，或者美国的阿拉斯加，就可以看到美丽的极光。

极光是怎么产生的呢？它在什么时候会出现呢？先卖个关子。

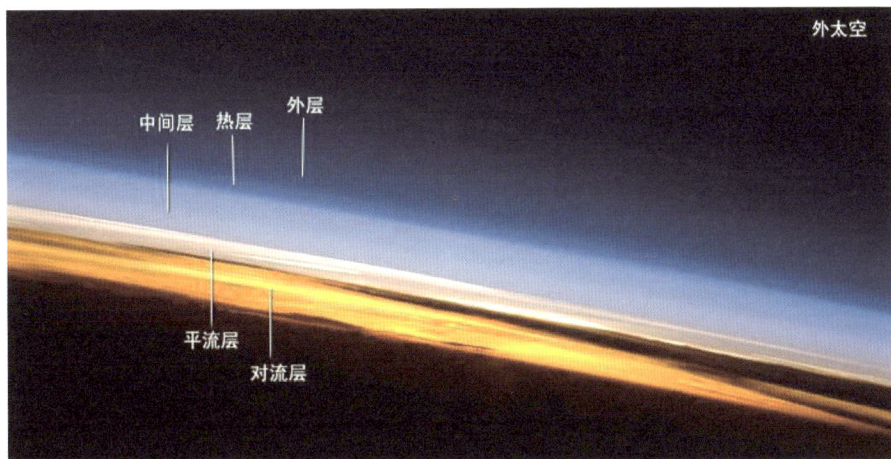

地球大气分层情况（图片来源于NASA）

上图是从太空中拍摄的地球大气层的分层情况，非常漂亮。实际上，现在每个人关注的天气变化就产生于地球对流层的大气运动。对流层在地面以上10 ~ 20千米的区域，20 ~ 30千米的区域是飞机飞行的区域。也就是说我们普通人所关注和所能够到达的地方，也就是距地面30千米以内的区域。

实际上，在距地面30千米以上还有很多有趣的、与我们生活联系很紧密的东西。如超音速飞行器，它的飞行范围大概在距地面20 ~ 30千米到100千米。还有流星，其实每天都会有流星，只不过数量比较少，因此我们有什么愿望每天都可以许一许。流星大概在距地面60 ~ 120千米的区域。现在大家都知道国际空间站是在距地面330千米的区域。还有大家出行使用的GPS导航，GPS卫星在什么区域呢？距地面20 000千米。

　　此外，在与地球保持相对静止的36 000千米高度的同步轨道上，密密麻麻地分布着一圈人类的各种通信卫星和应用卫星。这些卫星与航天器的生活环境和人类在地面上的生活环境完全不一样，我们称它为空间环境。它的范围非常广，包括从距地面大约30千米以上到太阳的区域范围内。在这里面有一个很重要的区域，就是地球磁场与太阳风相互作用形成的像一个罩子的区域，我们叫它磁层。正是磁层保护着我们和我们上空的这些卫星，人类才免受太阳风的直接攻击。

　　空间环境和地面环境不一样，地面环境可能大家关注的更多是今天的温度是多少，有没有风，有没有下雨。而空间环境关注太阳辐射的强度，还有空间当中各种粒子的浓度大小、磁场的强度大小。

　　空间环境不是一成不变的，它也在时时刻刻发生演变，这种空间环境的变化叫作空间天气。空间天气和地面天气一样也会发生剧烈变化，也会发生灾害性的变化，就像地面上会发生台风、龙卷风、暴风雪一样，它的灾害性变化来自太阳，所以叫作太阳风暴。

　　太阳风暴主要通过3种形式攻击地球。第一种是光的辐射增强，即太阳耀斑，它到达地球的速度很快，也就8分钟；第二种是太阳会喷射出能量非常高的带电粒子，到达地球需要几十分钟到几个小时；第三种影响范围最广，太阳向外喷出一团日冕物质，大概1～4天后到达地球，这会使地球的磁层像海啸一样发生扰动，从而引起空间天气变化。

1989年3月13日，加拿大魁北克发生大面积停电事故，造成该地区停电9个小时，600万人受影响。这次事故是不是人为事故，或者是不是恐怖袭击呢？后来经过分析发现，这是一次自然灾害，它的元凶就来自太阳。在这次停电事故3天前，太阳发生了非常强烈的太阳风暴。太阳喷射出的日冕物质，在3天后到达地球，使地球磁场发生剧烈扰动，从而引发了电磁暴。

学过物理的人都知道，地球磁场的扰动会产生电流，所以地面的长输电线路上就会有很强的感应电流。这种电流在高纬度地区特别强，而加拿大就属于高纬度地区，所以太阳风暴导致魁北克地区的几个主要变压器全部烧毁，电力瘫痪。有意思的是，美国的地理位置和加拿大差不多，本应也受影响。但是美国因为提前知道了这个空间天气的信息，所以采取了一些措施，损失也就小一些。

魁北克事件引起了人们对空间天气极大的关注。实际上，空间天气影响的不仅仅是电网，它在很多方面会对我们的生活产生影响。刚才说的极光，就是太阳爆发的时候，高能粒子从极区进入地球上空比较低（距地面90 ~ 130千米）的地方，与大气相互作用产生的现象。极光是人类唯一能够用眼睛看到的空间天气现象。

另外，空间天气也会影响卫星的元器件，它会造成卫星损伤或卫星失效；还会对正在太空中作业的航天员的身体造成伤害；还有刚才说的

GPS导航卫星、中国的北斗导航卫星，这种导航卫星信号穿过整个大气层时，它的折射效应会引起定位误差，当空间天气发生剧烈变化的时候，这个误差就会增大；还有在坐飞机的时候，国际航班一般是跨极区飞行的，如果这时发生高能粒子事件，对人体的辐射效应就会增强。所以这时航空公司往往会绕开极光线路，更改为其他线路，这都会增加额外的经济负担。

电影《2012》相信很多人看过，它的故事背景是玛雅传说，其实它还有另外一个背景——太阳风暴。电影最开始，有一个太阳风暴爆发的镜头。

2008年，美国国家科学院提供了一个报告——《极端的空间天气事件对经济和社会的影响》。报告指出了当今人类如此依赖卫星和导航系统，一旦发生一次非常强的太阳风暴，这些系统可能都将受到损害，人类社会的经济状况将会倒退。这个报告强调的是超强太阳风暴对经济的影响，后来媒体将它夸大，甚至有人谣传2012年超强太阳风暴会发生并迎来世界末日。

和地面天气一样，空间天气也是可以预报的，因为空间天气的源头是太阳。如果对太阳风暴的规律研究得比较清楚，就能知道它什么时候爆发，或者可以观测到它的爆发，我们可以提前几天预测地球空间天气的变化。另外，在日地平衡点L1点放置卫星来观测太阳爆发的物质和能量传输到这个位置的变化情况，也能预测地球空间天气的变化。

在地面上和在地球的上空实时监测空间天气的变化也是非常重要的，因为空间天气与地面天气不一样，人类无法感知到空间天气。比如，有可能现在地磁正在发生扰动，太阳风暴正在发生大的爆发，但是人类一点感觉都没有。

因此，空间天气预报主要是利用地基与天基的监测数据，地基监测用太阳磁场望远镜、射电望远镜来观测太阳辐射的强度，还包括用无线电雷达、光学雷达等，来观测各个大气层、各个区域环境的变化。或者在天上一些重要区域放置卫星，以便直接探测粒子的浓度，或者直接对太阳、大气拍照也可以进行监测。

空间天气预报主要就是将这些数据汇总起来，然后经过科学分析和处理得到预报结果。这里就有很多科学研究的课题，给大家举一个比较简单的例子：太阳活动是有11年周期性的，这种周期性人们是怎么知道的呢？这就是根据长期的太阳黑子观测记录，经过分析发现它变化的周期是11年，再根据这种变化规律，采用一定方法就可以预测未来11年的变化。第24个太阳活动周的高年就是2012年，也就是说2012年是太阳活动爆发高年，这可能也是谣传2012年是世界末日的原因之一。

中国科学院国家空间中心有一个专门的团队做空间天气预报工作，叫作空间环境预报中心，简称预报中心。该中心是1992年与中国载人航天工程一起成立的，一直为神舟系列飞船、天宫一号、天宫二号、嫦娥卫星，还有空间科学先导卫星系列做空间天气预报服务，包括暗物质卫星、实践十号卫星，以及量子卫星等。

1999年，神舟一号在预计发射时间之前的大概一个星期，被发现电路有问题，需要将整个神舟一号重新检修组装，最后定于11月18日发射，但是11月18日的空间天气并不是非常好，因为预测这一天正是流星雨爆发的峰值时间。流星雨爆发的时候会产生非常多的流星碎片，这些碎片与飞船碰撞的概率就会大大增加。

所以当时做空间预报的团队就把这个结果报告给了神舟一号工程总指挥部，他们很重视该报告，决定将发射神舟一号的时间再次推迟。经过分析，如果推迟24小时，这种碰撞的概率会降到千分之六。如果再推迟24小时，就会降到万分之一。最后为了保证神舟一号的安全，指挥部就将神舟一号发射的时间推迟到了1999年11月20日，这天成为中国载人航天载入史册的一天。

神舟七号是2008年发射的，神舟七号给大家印象最深的是航天员出舱，这也是中国第一次航天员出舱进行太空活动。航天员出舱的时机也要看空间天气，绝对不会选在太阳正在爆发高能粒子的时间，因为高能粒子对航天员的身体损伤很大。

神舟七号在太空

上图是神舟七号在太空中真实的照片。大家知道是谁拍的吗？这是神舟七号自身带的一个小小的"守护神"拍摄的。在神舟七号发射的时候，有一个小卫星伴随着它上去了，上去后航天员手动将卫星放出去，围绕神舟七号飞行，对它进行全方位拍照。在这种绕飞中，飞船和小卫星隔得非常近，所以轨道控制要非常精确，一旦出现差错就会出现两败俱伤的情况。这就需要对空间天气中的地磁环境进行预报，确保在地磁非常平静的时候做这个绕飞实验。

说了这么多，大家可能觉得空间天气主要为这些重大工程服务，和我们有多大关系呢？实际上，它也有很多"用户"来自民间。

信鸽协会发现，信鸽的回巢率（即信鸽回来的数量）和放出去的数量比例与地磁预报相关，如果预报地磁有扰动的话，信鸽回来的数量就很少。这其实很好理解，信鸽靠地磁来导航，一旦地磁出现扰动，它的导航就可能出现问题，以致它找不到家。

对于一个信鸽爱好者来说，一只信鸽的价格在几千元人民币左右，这是不小的损失。每次快到周末的时候，他们就会寻求咨询帮助：这个周末适不适合举行信鸽比赛？什么时候举行比较好？我们非常高兴能为他们提供这个服务。

相对于地面天气的预报能力，空间天气的预报能力还是有一定差距的，因为它的发展历史不过几十年，很多地方需要空间天气预报，但是现在还没有能力做到。这不仅是国内的现状，也是目前国际面临的问题，因为空间天气预报是个非常年轻的领域，在中国也就二三十年的历史。

我们的团队也非常年轻，有很多"80后""90后"的年轻人，我们也希望以后有更多的年轻人参与进来。现在每个人都离不开北斗系统、GPS系统，我们每个人都离不开卫星电视、卫星通信，未来人类还要进行太空旅游、星际穿越，到那个时候，空间天气将更加重要。

人类的想象有多远，我想我们就能够走多远。

扫一扫 看演讲视频

扫一扫 听演讲音频

沈霞
/
从 36 000 千米处凝望地球

沈霞，中国科学院上海技术物理研究所研究员，南京航空航天大学学士、同济大学硕士，曾就职于南京航空航天大学无人机研究院，从事无人驾驶飞机结构设计和有限元分析工作；2015年至今，就职于中国科学院上海技术物理研究所，从事风云四号气象卫星扫描成像辐射计的研究工作，在多项关键技术上攻关成功；目前作为风云四号02星快速成像仪项目负责人，研究空间遥感卫星光学有效载荷的总体设计技术。

　　看到"风云"两个字，大家会想到什么？我问过很多人这个问题，有人认为是"风起云涌"，也有人说是"风云人物"，当然也有人回答的是"风云雄霸天下"。

那么，真正的"地球风云"是什么样的？下图是2016年12月11日发射的风云四号气象卫星上面的扫描成像辐射计拍摄的地球24小时的云图。大家有没有注意到，在赤道附近有一块亮斑在移动，那是什么？那是太阳在海洋上面的倒影，是不是看起来很神奇？

风云四号拍摄的移动亮斑（1）

风云四号拍摄的移动亮斑（2）

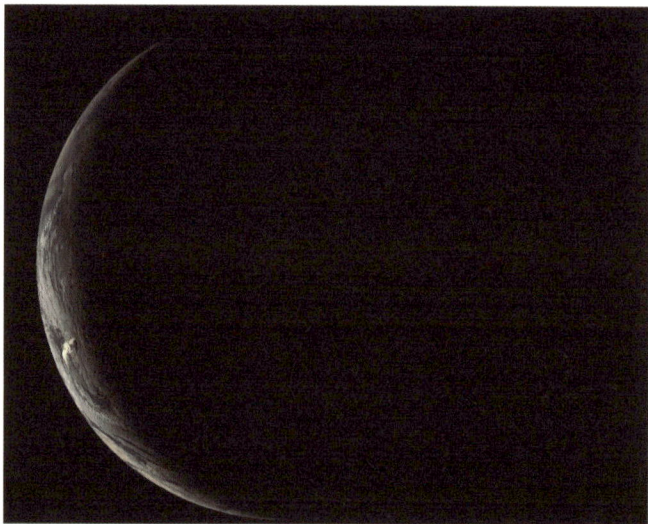

风云四号拍摄的移动亮斑（3）

在大家看来只是普通的几张图，在科学家眼里却是一组庞大的数据，要想看懂那些图，我们就要先从光说起。

大自然对人类并没有特别的优待，人眼能看到的可见光只是光的一小部分，还有很多的光是看不见的，那些看不见的光可以用仪器拍出来。比如X光。除了医院体检，X光还能干什么呢？一位英国艺术家用它拍摄了一个艺术作品，如下页图所示。

还有一种光大家可能听说得比较多，但是接触得不多，那就是红外线。有一次我去同事的办公室，她正在摆弄一个红外热像仪，同事把她的手放在一个文件袋上，按了一小会儿后把手拿走，之后，她用红外热像仪拍了张照片。

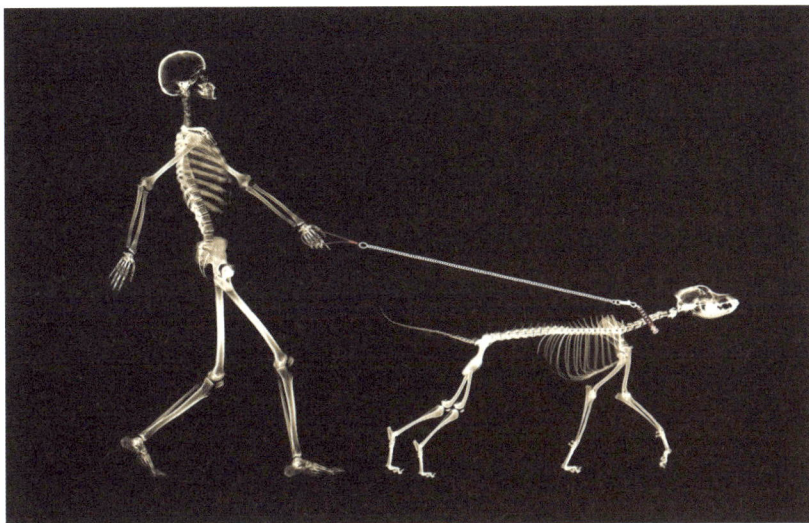

X光艺术作品

　　红外线是对温度敏感的波段，当她的手按在上面的时候，就对这个文件袋的局部进行了加热，因为她手按的这个地方温度比周围温度高，所以热像仪可以把它拍出来。

　　既然红外线对温度敏感，那我们能不能用热像仪、用红外线的原理测量物体的温度呢？答案是肯定的。

　　如下页图所示，在这15张图中，从第二张开始就是风云四号用辐射计拍摄的一些不同波段的图，大家可以这样理解：每张图代表一种单色光，其中的可见光只有第一行的第二张和第三张图片，后面就是近红外线还有其他红外线的图片，每张图片上面的一个像素点都可以推导出一个具体的温度值。

我们可以想象一下，科学家拿着一个超级温度计，在距离地球36 000千米高的地方，对地面的水汽、树、植被还有地表测量温度，测量的精度能到多少呢？答案是能精确到1℃。

那么这些单色图是用来做什么的呢？这些单色图可以用来做合成，比如，前面展示的地球风云过程图就是由前3个波段的图片合成的。如果拿前两个波段和第四个波段的图片合成，我们又会看到什么呢？

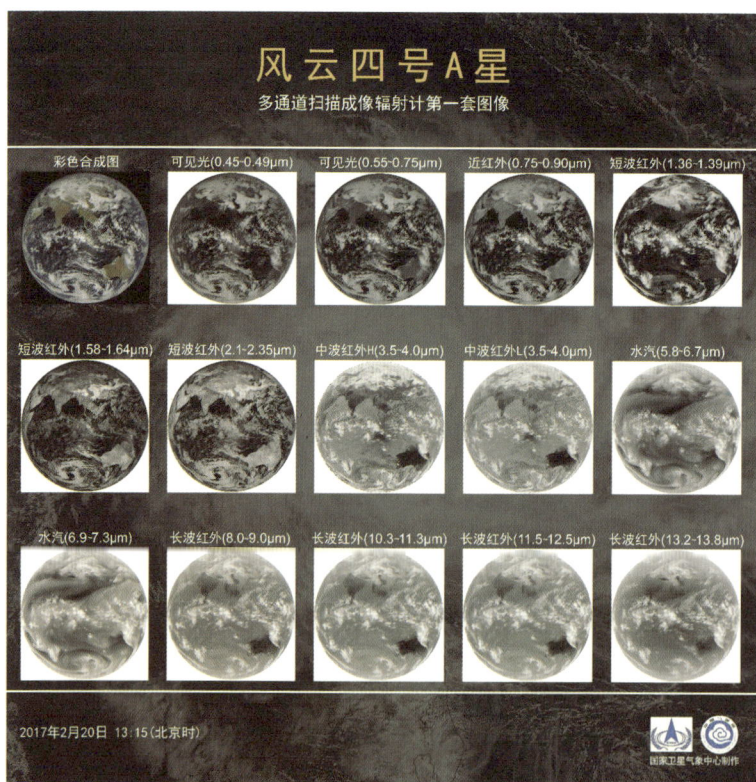

风云四号辐射计拍摄波段

冰云图

上图是一张冰云图，其中蓝色的部分就是冰云，它的温度低于0℃，而白色的就是普通的常温云。把冰云和常温云区分开来，对天气预报有很大的作用。

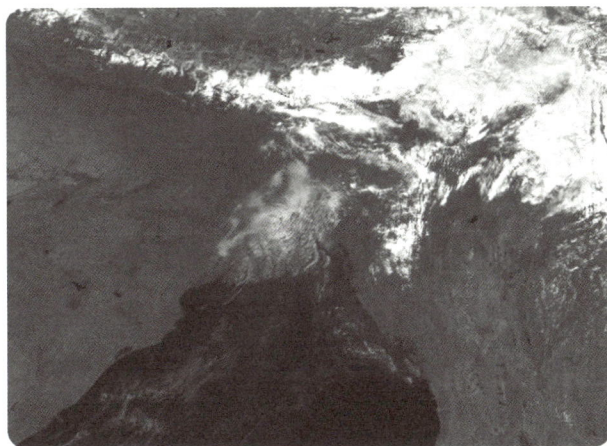

孟加拉湾北部的雾霾监测图

　　上页图中下面那幅是一张孟加拉湾北部的雾霾监测图，在这张图中灰色的就是雾霾，白色的就是云和雪。

　　那么风云四号气象卫星在国际上到底处在什么水平呢？我给大家介绍一下风云四号和它在国际上的小伙伴们。

　　首先要说的就是美国的GOES-16，它上面装载的仪器叫ABI，相当于风云四号的辐射计。辐射计是什么呢？你可以把它想象成拍地球的照相机，这个照相机是装在卫星平台上的。

　　判断风云四号的水平，主要还是看卫星上装载的这些仪器的性能。美国的GOES-16上面装载的是ABI，欧洲的MTG上面装载的是FCI，中国的风云四号上面装载了辐射计。

　　这三个系列可以说是三足鼎立，如果单单从辐射计的角度来看，它的性能指标比美国的ABI和欧洲的FCI略差一点，但是风云四号上还装载了另外一台重量级的仪器——大气垂直探测仪。

　　大气垂直探测仪是目前世界上在地球静止轨道上的第一个大气垂直探测仪器，也就是说美国的GOES-16上面没有，而欧洲人觉得辐射计和探测仪这两大载荷装在同一颗卫星上会相互干扰，于是将其分别安装在两颗卫星上，一颗卫星安装辐射计，另一颗卫星安装探测仪，但是风云四号上面同时装载了这两台仪器。

　　在发射时间上，2016年11月19日美国的GOES-16发射，2016年

12月11日中国的风云四号发射，为了赶上这个时间节点，研制项目组花了很多心思。欧洲的MTG计划2019年发射。日本的向日葵9号的性能也不差，为什么不提它呢？因为它上面的核心仪器是美国人卖给他们的。

此外，风云卫星是气象卫星，气象卫星对防灾减灾有非常重要的作用，它的投入产出比在国际上被认为是1∶40，所以我国在1977年就开始发展自己的风云卫星。

下面请看下图的两个轨道，里面的这个轨道叫太阳同步轨道，它的高度在500～1000千米。它的优点是卫星在这个轨道上看地球的南极和北极看得比较清楚，缺点就是同一个地点一天最多只能观测两次。

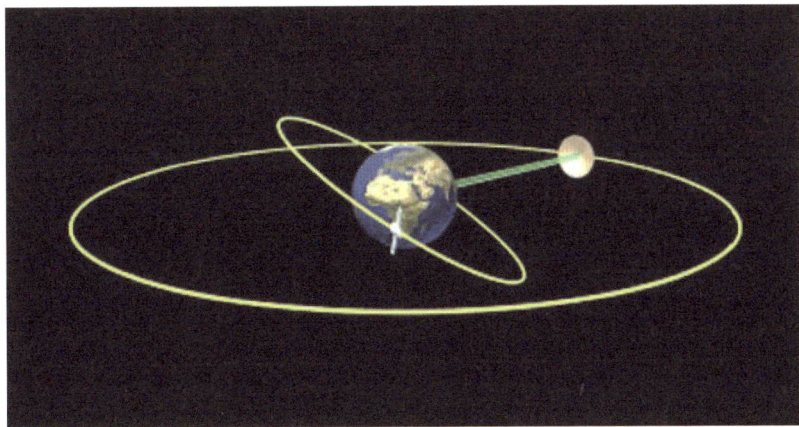

太阳同步轨道及地球静止轨道

另一个轨道就是地球静止轨道，它的轨道高度有36 000千米。如果在这个轨道上的卫星足够大，大到我们在地面上能够看到它，它会永远定在那个位置，因此我们就利用这个特点在该轨道上布置卫星，对地球进行24小时的连续观测。

作为一个气象应用，国家要在这两个轨道同时布置卫星进行互补，所以中国就在太阳同步轨道布置了风云一号，它的第二代产品是风云三号；在地球静止轨道布置了风云二号，它的第二代产品就是风云四号。风云四号的研制花了15年时间，为什么要花这么长的时间呢？我现在就给大家分享一个风云四号辐射计研究过程中的小故事。

2001年，我们所里的王淦泉老师带着一名光学设计师和一名机械设计师开始预研，当时美国GOES-8做了5个通道，也就是说它一次能拍5张图，而王淦泉老师瞄准的目标是要做10个通道，一次拍10张图。

2004年年底，他唯一的机械设计师跳槽了，于是我就有幸加入了这个团队。2007年，原理样机研制成功。但是这时美国又推出了GOES-R系列。GOES-R是什么呢？就是刚刚提到的GOES-16，美国把他们没有发射的卫星叫作R系列，即用字母来表示，发射之后他们就用数字来表示。他们准备在GOES-R上面装载最新仪器ABI，ABI和原来的GOES-8上的设备相比，先进了不止一点点，它有16个通道，一次能拍16张图。

这时我们就面临选择了，如果把已经研制成功的10个通道的产品发射上去，我们会在GOES-R上天之前的这一小段时间里保持领先，但是GOES-R一旦上天，我们就会落后他们一大截。另一个选择就是把已经研制的这台产品推翻重来，去研制和GOES-R同样技术水平的产品。短暂地犹豫之后，项目组决定推翻重来，所以直到2017年，我们才看到刚才那个14个通道的美丽图像。

有人会问，做一台载荷和一台拍地球的照相机而已，为什么要用这么长时间，它有那么难吗？下面就举两个例子和大家讲一讲这个技术难在哪里。

风云二号卫星采用了自旋稳定式设计，刚刚我们说了，地球静止轨道有一个特点，就是卫星的位置是相对稳定的，和地球是同步的。因此在这个轨道上，卫星对温度的感觉就和人类对温度的感觉一样。它有一年四季，也有早晚的温差变化，但失去了大气层的保护，这个温度变化会更剧烈。剧烈到什么程度呢？产品上面的一个测温点显示它的最低温度是-130℃，最高温度是150℃，这样一个温度波动是在一天内交替完成的，也就是说它每天都要循环一次这样的温度波动。

这就是我们要解决的第一个问题——温度的问题。美国怎么解决这个问题呢？他们为仪器打造了一个空调房，利用高超的温控技术把仪器控制在近乎恒温的状态下。

照相机是很娇嫩的，焦距稍微没有调准就会离焦，拍出来的照片就模糊了。而物体、各种材料都是遵循热胀冷缩原理的，在这么大的温度范围内，热胀冷缩之后相机早就离焦了。

中国当时的温控技术还做不到这一点，因为有些硬件生产不出来，这个时候只能另辟蹊径，就是让照相机能够适应更大范围的温差。把光学系统做到能够适应30℃的温差，这样就降低了对温控技术的要求。

但要解决这个问题还缺少一种材料。在一次学术报告会中，我们无意中听到一个大学老师研制了一种新型材料，这种新型材料的各种特性正好满足适应大温差的光学系统的要求，所以我们就去找他了，希望他能把这种材料给我们。

但是第一次见面之后我们很失望，为什么呢？这个材料的性能虽然好，但是它的加工工艺还停留在加工圆盘、圆筒这样简单的东西的层面上，而我们要制造的是结构非常复杂、精度达到0.01毫米的产品。庆幸的是，我们双方都没有放弃，我们帮助他改进了各种工艺，第一个产品用粘接的方法，经过了七八年的努力，最后生产出来的产品已经成型了。

研究技术就像搭积木一样，这些积木就是基础，有些积木有，我们可以直接拿来用；有些积木没有，我们就创造出这个积木。后面的人如果想要使用这种材料的话，就不需要再摸索了，完全可以直接使用我们的加工工艺。

　　除了材料以外，拍照片的另一个关键点就是要稳，在36 000千米这么远的地方拍照片，稳定是第一位的，"差之毫厘，谬以千里"。稳定到什么程度呢？如果相机偏了一个角分的话，拍出地球的照片可能就偏了10千米（编者注：实际观测位置与理论观测位置作对比。比如，目标观测位置是天安门，如果不稳定，实际观测位置在距天安门10千米处）。这个时候就要针对需要，打造一套精密的扫描控制技术方案，这套扫描控制方案出来之后，我们发现需要一个高精度角度传感器。

　　当时，能达到设计要求的精密产品国内也是没有的，我们通过调研了解到，常州有位老先生有可能掌握这种技术。这位老先生比较有传奇色彩，他退休前是一家大型的机床生产厂家的研发人员，曾经申请课题做了这方面的研究，研制出具备世界一流水平的角度传感器，但可惜的是有一天他发现自己研制的传感器被厂里误当成废品卖出去了，于是他退休以后就在一个小型的家族企业继续他的研究。

　　但是大家也知道，对于一个小企业来说，想要做科研是有一定难度的，资金从哪里来？设备从哪里来？正好我们在这个时候找到了他，当时老先生已经年近70岁了，我们与他谈合作，他欣然答应，我们提供实验设备，他帮我们研制高精度的传感器。在这个过程中，我们一起解决了传感器的真空适应性等问题，到今天，他研制的这种角度传感器已经在4台载荷上面同时应用了。

最后我想说，风云四号辐射计真正的核心技术都掌握在我们自己手里，风云四号打的是纯正的中国牌。

扫一扫 看演讲视频　　　　　　扫一扫 听演讲音频

张伟

/

太空探索的大步追赶

张伟，中国科学院空间应用工程与技术中心战略规划室主任，航天战略研究专家；长期从事载人航天发展战略研究工作，参与国家空间科学"十三五"规划的制定、载人航天中长期发展规划论证、国家航天强国建设战略研究、我国空间开发战略研究等；负责空间科学项目的规划与遴选，曾参与天宫二号总体研制、集成测试、应用任务论证等工作。

2016年4月，中国发射了实践十号卫星，8月发射了量子卫星，9月发射了天宫二号，11月发射了长征五号火箭。曾经有一个记者问，中国的航天技术水平是不是已经达到国际领先水平，中国是不是能够引领未来国际航天事业的发展？我的回答是：我还不敢说。

回顾一下国际载人航天的发展历史，审视一下中国与之的差距。从20世纪50年代开始，美国和苏联就基于冷战的思维，开始了它们的太空竞赛。1961年，苏联的航天员加加林第一个进入太空，这对美国的震动非常大，于是美国开始了它的载人登月计划。1969年，美国"阿波罗11号"顺利登上了月球，阿姆斯特朗登上月球的第一句话是："这是我个人的一小步，但是是人类的一大步。"

这在美国非常鼓舞人心，他们当时做的很多技术衍生到了后续的应用当中。当时有3 000多种技术获得了应用，投入产出比大概是1∶14，也就是投入1元钱将会产出14元钱的效益。

最常见的应用实例就是婴儿经常用的尿不湿。当时，为了解决航天员在等待发射过程中，时间太长会尿急的问题，而开发出了尿不湿。除此之外，还有方便面当中的脱水蔬菜，也是为了方便航天员补充维生素而开发出来的一种食品。现在这些都大量地应用在我们的日常生活当中。

苏联当时也开始实施载人登月计划，但是它发射的火箭都爆炸了，所以苏联的载人登月计划以失败告终。于是它就开始走另外一条路——占领近地空间，在地球周围建立一个长期的空间站。1971—1982年，苏联在近地空间发射了7个"礼炮号"空间站，这些空间站很早就实现了交会对接。在当时，航天员能在那里连续生活23天，而中国的"天宫二号"刚刚实现交会对接。"礼炮7号"规模比较大，它在轨3 000多天，开展了大量实验，3名宇航员在上面待了237天，所以当时苏联在这个领域的能力已经很可观了。

"礼炮3号"还进行了一些军事侦察的实验，比如，它对海上、空中合作目标进行定位，在军事侦察方面起了很大的作用，拍摄了很多地球遥感图片来绘制专用的地形图。

美国不甘落后。1973年，美国发射了天空实验室，它是一个试验性的空间站，目的是验证人在太空中能不能发挥足够的作用，航天员在舱外的活动有50多次，这充分验证了人在太空是非常有必要存在的。他们又拍摄了大量的太阳活动的照片，其中就发现了日冕的结构特性，发现了太阳耀斑的形态特征，这些都是非常有用的信息。

后来苏联基于"礼炮号"空间站，打造了一个当时规模最大、能力最强的空间站——"和平号"空间站。截至2016年，它相当于在轨15年，开展了16 000多次实验。他们的成果非常丰富，包括生命科学——利用蛋白质晶体生长来制药；还做了600种材料的实验，新研制了35种材料；除此之外，还做了地球的观测等，取得了很多非常震撼的成果。

由于当时冷战已基本结束，美国的航天飞机与"和平号"也进行了对接，它们相互串门，一起在那里工作了很多年，所以"和平号"空间站也是一个国际合作的空间站，总共有12个国家的135位航天员在"和平号"空间站长时间工作。其中有一位航天员在太空连续生活了438天，时间非常长，创造了纪录。航天员在太空中要忍受各种微重力的影响，包括骨质流失，其速度大约为每个月1.5%。对航天员来说，这是一个很大的考验。

美国为了降低航天成本开发了航天飞机。从1981年到2011年，开发的5架航天飞机，总共进行了100多次往返飞行，运送了很多东西，每次都可以运30多吨的东西上去。其中，这5架航天飞机运了50多颗卫星，把它们运上去再发射出去，甚至发射了很多深空探测器，包括金星探测器，还有非常有名的哈勃望远镜。但是望远镜经常坏，航天飞机专门去给它维修了5次，所以航天飞机的作用非常大。但是它的风险太高，"挑战者号"和"哥伦比亚号"航天飞机都发生了爆炸，14名航天员为此献出了生命。

另外，航天飞机的发射成本太高。为了降低成本，美国想用5 000万美元发射一次，结果每发射一次都花费4.5亿美元。此外，航天飞机的维护费更贵。每年发射和维护的费用就需要四五十亿美元，美国难以承受，所以2011年，它就慢慢退役了。

苏联一开始也想发射航天飞机，但是苏联无力承担那么多费用，所以没有发射成功。后来苏联解体，美国联合欧洲、俄罗斯、日本、加拿大一起来建造国际空间站。

这个空间站的体量非常大，展开以后基本相当于两个足球场。里面的空间也很大，加起来有两架波音747那么大，所以能开展相当数量的科学研究。

当时美国、俄罗斯、日本分别做了一些舱，将其对接起来组成一个空间站。但是参与的16个国家当中没有中国，美国拒绝中国参与国际空间站的计划。2011年，美国国会专门出了一个法案禁止美国NASA和中国开展任何形式的双边合作，把中国排除在外。但是近年的局势又稍微有点缓和了，有一个中国科学家参与了国际空间站的生命科学实验，也就是说，现在是95个国家参与实验，中国也算其中之一。另外，在载人火星规划中，美国也考虑和中国开展合作。

现在国际空间站已经有很多成果被应用到地面，包括靶向药物输送技术，即定向地进行治疗，它用在了乳腺癌的治疗当中；空间机械臂的技术用在了开展脑部手术、治疗脑肿瘤上。在核磁共振仪当中，机械手伸进去对脑肿瘤进行切除，而医生是不可能把手伸到核磁共振仪当中的。这些成果在很大程度上造福了人类，有非常广阔的应用前景。

国内和国外在航天领域的差距还是有的。从时间轴来看，国外有些国家从1961年就开始研究载人登月，1969年就实现了载人登月，而中国的载人登月计划可能还需要时间；国外在1971年就可以做空间站了，而中国的空间站规划在2018—2022年实施。

载人航天器上的差距体现在一些具体指标上，如近地空间运载能力，即把东西运到空间站的能力，美国"土星五号"火箭的运载能力为139吨，俄罗斯的运载能力为130吨，而中国的"长征五号"火箭的运载能力只能达到25吨。另外，中国在大推力火箭发动机技术和大直径的箭体结构技术方面还需要攻克关键技术。

航天员在太空长期生存的能力也需要得到保障。美国单人连续在太空生存的最长时间达到340天，俄罗斯是438天，所以这个领域我们也需要进一步研究。

比较指标还包括空间应用能力。美国基于空间站以及其他设施共进行了近2 000项的研究；而中国总共可能只有50多项研究，成果还不够突出。

这是载人航天的比较，还有无人探测的比较。2013年，美国的"旅行者一号"已经走出了太阳系，而中国的"嫦娥二号"和"嫦娥三号"刚刚能探测月球，所以差距还是很大的。美国对火星已经成功发射了15个探测器进行深入的探测。

产生差距的原因何在？我个人理解，第一个原因是中国起步比较晚，第二次世界大战德国战败以后，美国和苏联都去德国抢人才，美国把冯·布劳恩纳入了自己的麾下。冯·布劳恩在德国时开发了 V2 火箭，当时德国利用它对英国进行了大规模的空袭，震惊了世界，所以美国把他挖过来让他负责探月计划当中"土星五号"火箭的研制，他帮助美国实现了这个目标。当时中国刚刚把日本侵略者赶出去，还在建国，科技、经济都有待发展，没有能力实施这样的计划。

第二个原因就是，西方对中国一直有技术封锁。高精尖的技术、最尖端的芯片、高精尖的机床设备、先进的材料是不会给我们的。因此，我们要自力更生来发展自己的东西，技术封锁使我们没有办法得到国外的技术，只能自己发展。

正因为有这么大的差距，所以中国必须大步追赶。比如，"天宫二号"上安排了 14 项国际前沿的实验，如研究冷原子钟，这是国际上第一台能在轨运行的冷原子钟，它能实现 3 000 万年仅误差 1 秒，可以有效地提高导航授时的精度。另外，伽马暴偏振探测是中欧合作的项目，这是国际上首次开展宇宙伽马射线的偏振探测，所以又开辟了一个天文观测新窗口，以利于发现新的伽马暴的机理。

还有伴随卫星，它一直伴随着"天宫二号"，并对它进行拍照。未来中国也想做一些关于卫星编队的试验，同时开展相关的研究，这都是非常创新的想法。

中国在不断地发射新的科学卫星，比如，2015 年发射的暗物质卫星被期望能更早地发现暗物质存在的证据，这样就能获得非常重大的发现，领先国际前沿；"实践十号"开展了大量的燃烧实验，还有小老鼠在太空的胚胎培养；相关的量子卫星研究是为了实现量子通信，为未来建造绝对安全的量子通信打基础；同时，我国未来的空间站的体量大概是60吨，当然还是赶不上"和平号"空间站。

在这么有限的空间内，我们想做更多的研究。中国的空间站有可能在2024年以后成为全国也是全球唯一的空间站。所以现在美国、俄罗斯、欧洲太空局都来和中国谈，希望能加入中国的空间站队伍。

我们对载人月球探测有个设想：在重型火箭的基础上，研制新一代载人飞船，希望在2035年能登上月球，在2045年能建一个大型的科考站进行大量的天文观测、地球观测等研究。

同时我们还规划了十几颗空间科学卫星的发射计划，探月工程和深空探测工程也在稳步推进。我们要去月球采样并返回，还要去月球的背面进行首次探测，2020年火星探测器要落到火星上进行探测，这些都非常鼓舞人心。

我们的空间技术发展得比较多，空间科学和空间应用相对少一些。如果想要有利于地面的生活，我们还要开展大量的研究。

我们要利用这次机遇大力发展航天事业，推动中国由航天大国向航天强国迈进。这个任务任重而道远，需要我们一代代人的努力。

　　我们希望更多的年轻人加入航天队伍，加入科技队伍，一起实现强国梦。

扫一扫 看演讲视频　　　　　　扫一扫 听演讲音频

第三章

走进深渊

朱敏
/
载人深潜 7 000 米

朱敏，中国科学院声学研究所研究员、中国科学院声学研究所海洋声学技术中心主任，主要从事海洋声学技术研究和海洋声学装备研制工作；研究领域包括水声通信及组网技术、声学多普勒测速技术、声学探测技术和水下载体声学系统集成；2003年，开始担任"十五"国家863计划重大专项"7 000米载人潜水器"——"蛟龙号"的副总设计师、声学系统负责人。

中国研制的"蛟龙号"载人潜水器的下潜深度是 7 000 米，在 2012 年，其下潜深度增加到了 7 062 米。这个深度打破了作业型载人潜水器下潜的世界纪录，目前它是国际上下潜深度最大的在役载人潜水器。有幸的是，从 2002 年开始，我就一直参与研制"蛟龙号"。

　　大家可能比较关心的是我们为什么要让"蛟龙号"下潜到那么深的地方？主要有两个方面的原因：一个是科学，另一个是资源。地球是一个蓝色的行星，它的表面70%以上的面积是被海水覆盖的。

　　大家平时说到海洋的时候，首先想到的就是辽阔的海面，之后会想到阳光、沙滩、巨浪、台风。如果问起对深海、海底有什么了解的话，大家的脑海里首先浮现的可能就是美丽的珊瑚礁，再往深处去，绝大多数人可能对此没有什么概念。

　　千百年来，对于人类来说，深海都是一个非常神秘的领域。神秘就意味着有很多未知，这就需要用科学去解决。下图是借助了近年来最新的声呐技术，绘制出来的一张全球海底地图。

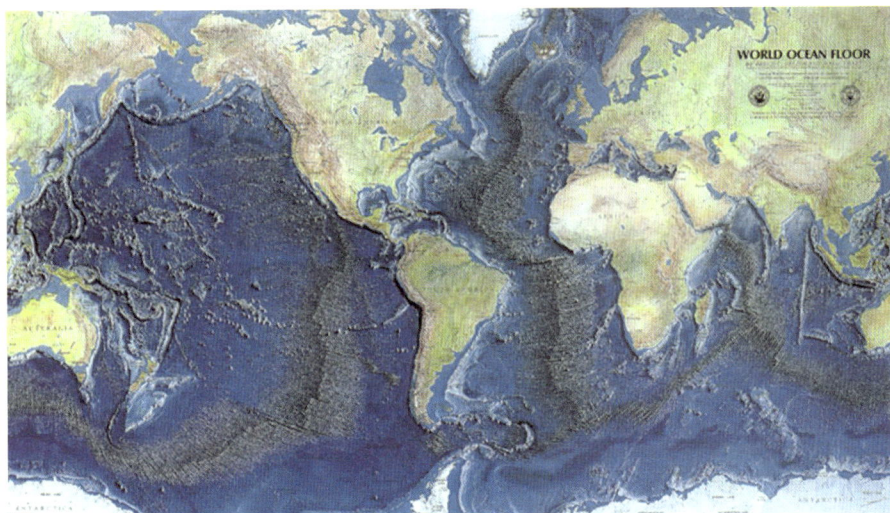

全球海底地图（图片来源于朱敏）

这个海底地图里有很多黑色的地方，这都是海底板块之间的裂缝。这些裂缝里面不断地有火山活动，会有岩浆涌出来，而且它还在不断地扩张。裂缝底下有很多科学问题，需要科学家去研究。

研究地球的地质演化，涉及深海的生物、化学、物理等方面的科学问题，想解决它们需要很多工具，载人潜水器就是其中一个非常有效的作业工具。利用这些工具，如美国的阿尔文（Alvin）号载人潜水器，人们取得了新的发现。

生物的生存都需要阳光、空气，因而深海常被认为是生命的荒漠，但事实并非如此。在深海，生物完全不依赖于阳光，靠海底冒出来的高达400℃高温的热水中的能量来维持生命。深海的生物群落非常大，这完全颠覆了人们对生命在什么样的条件下能够存在的认识。很多科学家想象在木星、土星等行星的冰冻的海洋下面是不是也可以有生命存在。人们以前认为地球上的生命首先出现在陆地上，现在看来会不会先在深海的热液区演化出来，然后到陆地上去了呢？

除了热液区的生物之外，人们还发现了基于冷泉的生态系统。所谓冷泉就是从海底下冒出来甲烷，生活在这种环境下的生物也不是靠阳光生存的，它们把甲烷气体作为能量源，甲烷为整个生态系统提供能量。

在这些地方，还有其他各种各样的科学问题，都需要研究。2013年，"蛟龙号"在中国南海的一个名叫蛟龙冷泉的海区发现很多贝壳，还有白瓷蟹、虾，还有一些大的螃蟹，且数量非常多。它们完全不依赖阳光生存，仅靠海底冒出来的甲烷气体生存。小细菌吃甲烷气体，大生物吃细菌，这样构成了一个生态系统。

海底有非常丰富的资源。下图中左上方所示的叫锰结核，像小土豆一样，里面富含金属成分。有的矿物有拳头那么大，含有比例很高的金属成分。

海底资源（图片来源于朱敏）

上页右上图中像黑烟囱一样的，是海底下冒出来的热水溶解的矿物质遇到冷水之后凝固并沉降下来而形成的硫化物矿，它富含金、银、铜等很多元素。

上页左下图所示的叫富钴结壳，它长在海山的坡壁上，大概几厘米到十几厘米、二十厘米那么厚，它富含钴、铂等金属。

上页右下图中白色的叫可燃冰或者叫天然气水合物，它是甲烷和水的一种化合物。

这些资源在海底的储量是非常丰富的。如矿物，它的储量可能比陆地的储量高十几倍，有的高上百倍甚至几千倍。像可燃冰里所储藏的甲烷气体，如果换算下来的话，它是陆地上所有煤、石油、天然气加起来的总量的两倍多，所以海底的资源储量是非常大的。虽然现在可能还不具备开发这些资源的能力，但是对于人类的发展来讲，它是非常重要的后备资源。因此，现在我们必须调查清楚，然后储备开采的技术。

2013年，在中国南海的蛟龙海山的海域，我们在一次下潜过程中无意间发现了一片矿区，里面都是一颗一颗的结核。因此，资源探查和科学研究的需求就使我们需要拥有很多装备。

我们现在用的设备，有用于在水里游的，有用于在海底下爬的，有用于拖着走的，有布设在海底的，没有哪个装备能比得上人们坐在载人潜水器上亲自下去、亲眼看来得那么直观，也没有哪个装备能够比得上人到现场就近操作来得精准。考虑到这个原因，我们就研制了载人潜水器，让它带着科学家下去做科学研究和勘探。

提到载人深潜，下潜最深的纪录是美国的的里雅斯特（Trieste）号创造的，它在1960年下潜到了10 911米，但是它的功能比较简单，是探险型的，又因为当时的技术条件限制，工作人员下去待了20分钟就上来了。下潜深度第二的是美国导演卡梅隆在2012年出资建造的一个潜水器，它的样子比较怪异，下潜到了10 898米。

原本卡梅隆导演是想用该潜水器拍电影的，所以它上面的灯光、摄像机比较多，但是实际上它下去之后那些摄像机就坏掉了，基本也没干成什么事。所以从潜水器的角度来讲，其效果并不是太好，因此它不是一个真正意义上能够作业的潜水器。

美国的阿尔文号虽然下潜深度只有4 500米，但它是所有载人潜水器中取得成就最大、下潜次数最多、发表论文最多、科学发现最多的，所以它是大家公认最成功的载人潜水器。像法国的鹦鹉螺号、俄罗斯的和平号的下潜深度是6 000米，日本造了一个下潜深度6 500米的，中国的蛟龙号的下潜深度是7 000米，在这个级别里，蛟龙号是下潜深度最大的一个。

由于这几个潜水器的功能都相似——带着科学家做科学研究调查等，所以它们的设计理念也是相似的。以美国的阿尔文号潜水器为例，它有一个大的金属球，人坐在金属球里面，可以不用承受外面海水的恐怖压力；它有一个有机玻璃的窗户；在前面有两个机械手可以作业；用电池供电，用螺旋桨来运动；用固体浮力材料提供浮力。

和国外的载人潜水器相比，除了下潜深度最大之外，蛟龙号还有3项比较领先的技术。首先，在能源方面，它比国外的更强大；其次，它有比较先进的自动控制能力，可以悬停在离海底大概半米的高度，因此操纵非常简单；最后，它有非常先进的水声通信功能。

潜水器下潜到水里那么深，要承受非常大的压力，7 000米的深度对应的压力差不多相当于每平方米要承受7 000吨。我国的96式坦克大概45吨重，7 000吨的概念，差不多是150辆96式坦克摞到一块儿，压在这一平方米上，再下潜到海水里。并且所有的潜水器部件都要承受这个压力，因此在选取材料、设计、制造加工等方面都有非常高的难度。

3个人要坐在载人的金属球里，完全靠球来承受海水的压力，所以设计难度非常高，同时对选取材料也有很高的要求。最后我们选的是一种钛合金材料，它的主要成分是钛和镁，比较轻，强度非常高，而且还耐腐蚀。

除了材料要好，潜水器在加工制造方面的难度也非常高。研制蛟龙号时，中国能自己设计，但是在材料与加工制造工艺方面还不过关，所以我们实际上用的是国内的设计方案、俄罗斯的材料，之后是由俄罗斯加工制造的。

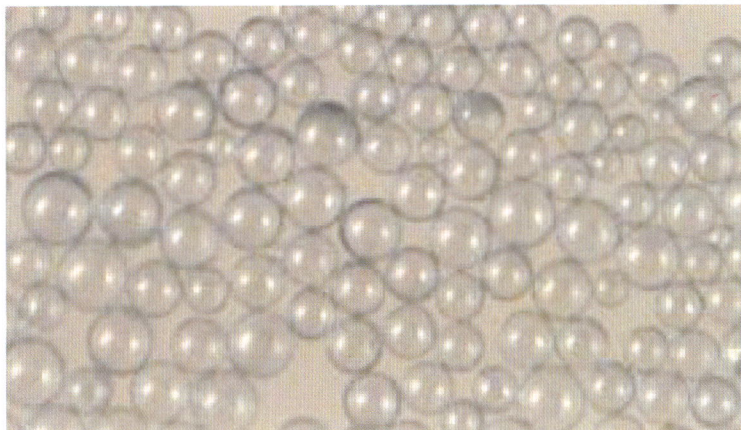

显微镜下的玻璃微珠（图片来源于朱敏）

此外，承受压力的材料也比较关键。一个20多吨重的潜水器，要沉到海底还要浮上来，谁来提供浮力？泡沫塑料很轻，它可以提供很大的浮力，但是不够结实，海水一压就会压扁。什么样的东西能够承受那么大的压力？我们用的是一种基于玻璃微珠的固体浮力材料。上图是显微镜拍的玻璃微珠。它的直径范围从几微米到一两百微米，它是空心的，很轻，用树脂粘起来就变成一个小块，密度大概是0.5g/cm^3，可以承受水下7 000米的压力。

这种材料当时国内不能制造，于是我们从美国买了这种浮力材料。美国有更轻的浮力材料，但是对中国禁运。最终他们卖给我们的是密度要差一些的。由于这个原因，蛟龙号重了很多。

　　"蛟龙号"下到海底之后，最主要的作业工具就是前面的两只机械手，可以直接抓东西。我们可以用它们抓像海参这种动得比较慢的东西，也可以抓石头这种静止的东西，而且它们还能携带一些工具。比如，带网兜去抓螃蟹和虾，还可以带一些作业工具去抓泥巴。这个潜水器可以支持很多任务，每次带不同的工具下去完成不同的使命，包括科学方面、资源勘探方面的工作。

　　除了用机械手来开展作业，"蛟龙号"还可以直接观察和记录海底世界。一方面工作人员可以直接透过玻璃窗往外看，观察和记录海底的状况；另一方面"蛟龙号"还装有高清的摄像机、照相机，通过拍照和录像的方式记录海底地形、地貌及生态情况。

　　另外，蛟龙号下潜到 7 000 米深的海底，要完全靠水声通信，这就是水声通信系统。这个系统就是把要传的信息变成声音，在传到水面之后，再把它变换回信号。这套系统在国际上还是比较先进的，它可以把潜水器的很多传感器的数据传到水面上去。

　　"蛟龙号"可实现的功能这么多，那么在 2012 年完成 7 000 米海试之后，它都做了哪些事情？这几年，"蛟龙号"一直在承担实验性应用的任务，它去的海区有中国南海、马里亚纳海沟，还有东太平洋、西太平洋、印度洋。

　　东太平洋有个地方叫多金属结核调查区，位于夏威夷以南，那里有中国的一块矿。2001年，中国大洋矿产资源研究开发协会争取到了一块7.5万平方千米的矿区——锰结核矿区。2015年，中国五矿集团又申请到了一块7.3万平方千米的矿区，这些矿区加起来有15万平方千米，也就是说这片区域底下的矿石都是归中国的，这都是海洋行业的工作人员为中国做的贡献。西太平洋矿区是富钴结壳的矿区，根据联合国海底管理委员会的规则，你想要这个矿区，首先你要调查清楚并提交资料，他们认可之后，你就可以从中优选出一块作为自己的矿区，也就是专有矿区。这就是蛟龙号正在做的工作——给国家争取更多的矿区，这是一个为子孙后代攒家当的工作。将来要去采矿的时候，人们不可避免地会对生物环境造成破坏，要想办法尽量减少对生态环境的破坏，这些调查工作就必须做好。

下一步我们要做两件事情。第一件就是我们正在研制下潜深度为4 500米的载人潜水器。建造"蛟龙号"时，我们有好多技术材料不过关，用的是国外的，这个4 500米载人潜水器就是鼓励国内研究人员解决材料技术问题。通过研制该载人潜水器，我们解决了钛合金材料的问题，解决了载人球的加工制造的问题，解决了浮力材料的制备问题，解决了机械手、推进器等设备的制造问题，所以这一台潜水器的国产化率将达到85%以上。

第二件就是走向11 000米——世界上最深的点。在研制下潜深度为4 500米的载人潜水器并积累技术之后，我们就要用国产的技术研制能够耐11 000米压力的载人球、浮力材料、机械手、声学仪器等装备，用国产的技术，把科学家送到世界上最深的区域，挑战11 000米的深度。

让我们共同期待，载人深潜事业谱写新的辉煌篇章。

扫一扫 看演讲视频　　　扫一扫 听演讲音频

庞忠和

/

唤醒沉睡的能源

庞忠和，男，1961 年生于江苏省淮安市盱眙县，1978 年考入南京大学地质系，1988 年在中国科学院获得理学博士学位，1995 年起历任中国科学院地质研究所研究员、地热研究室主任，2014 年起任中国科学院地质与地球物理研究所研究员、地热资源研究中心主任、中德地热研究中心中方主任，兼任中国科学院大学地球与行星学院教授、水文地质与地热资源教研室主任。1997—2005 年期间获聘国际原子能机构（IAEA）技术官员，主持国际地热研发项目，IAEA 荣获 2005 年诺贝尔和平奖集体奖。

人类社会的需求，有两大主题是至关重要的：一个是健康，另一个是能源。当健康与能源发生冲突怎么办？如何用替代的清洁能源解决能源和环境的巨大冲突？我们需要找到一个出路。

雾霾是每个人都面临的问题，那么有没有可能找到一条清洁的可再生能源的出路，来缓解或彻底解决这个问题呢？有一种可能性——地热。火山喷发、温泉、喷气孔等地热现象都是我们已经认识到的。回过头来看，化石能源给我们带来了工业化，带来了巨大的经济发展，同时带来了问题——环境污染，现在我们面临的大气污染是亟须解决的问题。

地热是一种可再生能源，如温泉。地热在地球上的分布是很丰富的，全球有4个大的地热带：环太平洋地热带、阿尔卑斯至喜马拉雅地热带、东非裂谷地热带和大西洋中脊地热带。

亚速尔群岛的地热资源是非常丰富的，中国也是这样。喜马拉雅地热带包含西藏、滇西和四川的西部，这些地方分布着非常丰富的可利用的高温地热资源。

地热资源是可再生的清洁能源，来自地球内部。我们经常说"地热是地球内心的奉献"，它与太阳能是可比的，地心的温度可以达到5 000～6 000℃，所以能量是巨大的。宇宙大爆炸学说认为"地球生来就是热的，之后慢慢地冷却"。到今天为止，地球到中年了，过了45亿年，这部分热还没有完全散尽，地热是原来的余热。另外一部分热量大概占50%，是地壳当中含有的铀、钍、钾等放射性元素不断衰变产生的放射性热量。地球不光是个热库，同时还不断地生热，所以地球的热量是可持续的。

综上，地热资源有几个非常显著的特点。第一，它的能量是巨大的。人类所利用的能量占地球的总能量的比例是非常小的，可以忽略不计，所以它是可持续的，是几乎取之不尽、用之不竭的，是可以使用到直至人类终结的能源。

第二，地热是一个连续稳定的能源。它一天24小时、一周7天、一年365天都存在。这与太阳能、风能相比就不一样了。太阳能有太阳的时候才有，阴天下雨的时候就没有；风能刮风时才有，不刮风的时候就没有，是间断的能源。而地热能是一个可持续的能源，因此，它在成本上是有竞争力的。而且它不排放污染物，更不会带来大量的二氧化碳、温室气体和温室效应。

第三，在地下储层当中，它可以像电池一样储集能量。在现在的能源领域里，一个非常典型的技术瓶颈就是储能技术。中国的储能技术提高不上来，很多能源利用便受到限制，这和有的电动汽车充一次电只能跑200千米是类似的。而地热有储能的功能，将来它与太阳能、风能等能源可以结合互补，起到储集能源的作用，这是能源未来发展的前景。

那么，哪些资源是地热资源？我把地热资源归纳为3种类型。第一类叫浅热，也就是浅层地热能，即在我们脚下200米以内的，主要是土壤层里的这部分热能。

第二类叫水热，也就是像温泉、喷气孔等以水的形式出现的地热能。

地热大概在地下200～3 000米，我们现在主要利用的是这部分地热能。

第三类叫干热。地球内部越往地心越热，随着深度的增加，温度不断升高，但是岩石的渗透性逐渐下降。这导致深度不断增加时，就只有热没有水了，所以叫作干热。干热没有流体，很难开采。

第一类和第二类是现在人类开发利用的主要地热形式，第三类还在探索中。欧美发达国家已经探索了将近40年，仍然没有达到真正产业化的程度，中国也处在基础研究阶段。

开发地热有助于减少雾霾。地质工作人员找到了隐伏的地热资源并了解它们，然后实现了规模化的利用，目前已成功地应用到了北方一些县城的冬季供暖，实现了"无烟城"的预期。

另外，我们知道桂林和云南的石林景观是岩溶地貌。很多人看过芦笛岩、象鼻山，那里有岩溶的缝孔，有地下的暗河。研究地下水的人都知道，那是最好的含水层，它的储水空间是最大的。

在华北地区，北京、天津的地下其实是存在隐藏岩溶的，它也透露了一点信息给我们。如北京的石花洞，洞里的空间是巨人的，这么大的空间，储集热水的条件是非常好的。这种储集层可以用作地热中深层的开发，即用在3千米以内的深度上，目前来讲是最有利的。

为什么这么说呢？它有几个显著的特点。第一，它的单井出水量非常大，每天可以达到3 000吨，甚至可以到8 000吨，个别情况可以到上万吨。而一般的井，如果是在花岗岩地区，一天只能出300 ~ 500吨水，这是数量级的差别。第二，它的水质比较好，矿物质含量比较低。第三，这种储层把水采出来并且用完了以后还能够很容易地灌回去。对这种坚硬的岩石的地热水进行开发利用，不会造成不良的环境影响，如地面沉降。

像河北省的雄县，位于北京、天津和保定这个"金三角"的左下角，是大的地热田的一部分，这个大的地热田叫牛驼镇地热田。牛驼镇地热田的范围比较大，雄县在牛驼镇地热田的最南端，地质条件比较特别，北边有燕山山脉，西边有太行山脉。它的地层都很厚，有三四千米，拥有两类地热储层，一类是位于上层的新生代松散的沙、土沉积物形成的砂岩热储层；另外一类是位于下层的元古代石灰岩、白云岩组成的碳酸盐岩热储层，是特别优越的"大型岩溶热储"。

上层的土层与大型岩溶热储、石灰岩的储层之间的热导率要相差2 ~ 3倍。假定在10千米深度的地方，地球深部向外散发的热量是均匀分布的，而到了浅部，比如，到了两三千米的地方，热量依照岩石的导热性质开始重新分配。它就像电流向低电阻集中流动一样，会向导电、导热性好的地层集中，这样就造成了热流向碳酸盐岩集中的趋势，实现了热能的重新分配。

如果在碳酸盐岩热储层上面打一个孔，我们就会得到高温度的地热；如果在那个凹陷的、黑的沙层里打孔，就会形成一个温度很低的热水井。热能的再分配利用的是岩石的导热性质。

另外，该地区地下水的循环是从燕山山脉和太行山脉来的，地下水经过200～300千米运移，不断把岩石的热量带到盆地中心，使盆地中心的热量聚集。这两个因素导致热的聚集，这种模式叫作二元聚热模式。这样就在雄县的牛驼镇热田把热聚集在一起了，形成了我们要开发的岩溶热储。

为了开发它，我们要对它进行勘探、评价和描述。把各个层立体化地描述出来，然后计算它有多大的资源量，能够为多大面积供暖，然后在这个热田进行开采井和回灌井的布局。

该地井及温度场的分布

　　下图是该地井及温度场的分布，红色的是开采井，蓝色的是回灌井。我们做了各种各样的试验。回灌试验包括示踪试验，即为了获得好的流场、温度场，获得不同井之间的相互连通性关系，从而实现100%的回灌。

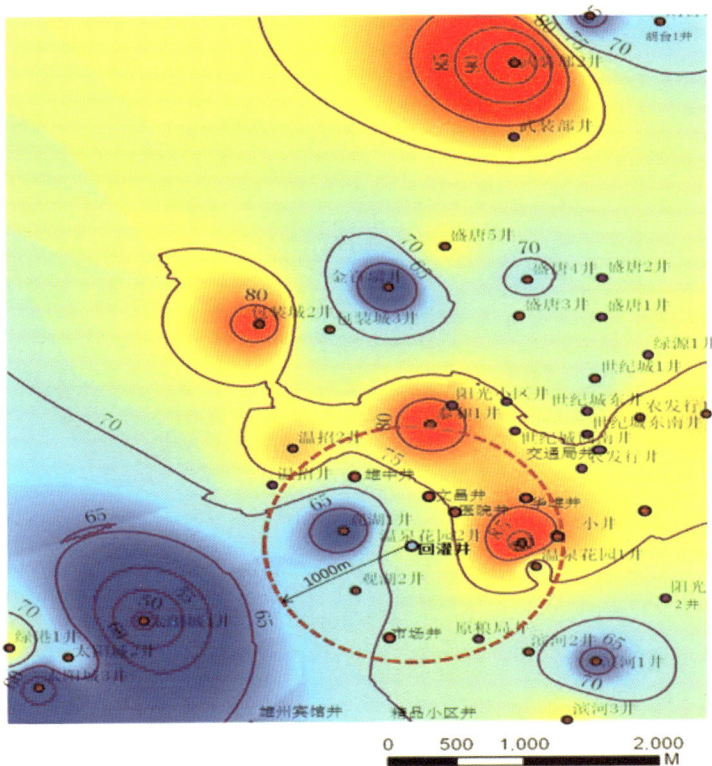

该地井及温度场的分布（续）

　　热水开采出来以后，冷水就会回灌下去。图中的绿色代表地下热水回灌之前的水位，红色代表开采量，蓝色代表回灌量。没回灌的时候，水位就像飞机俯冲一样地下降，每年下降5米。之后在2010年开始回灌，它的水位就回升了。我认为只有这样的开采才是可持续的。

雄县有30万人口，现在的地热井有70口左右，深度为1 500米左右，温度在60～70℃。在冬季的4个月，90%以上的人口享受了地热供暖。这个地热供暖是清洁的，整个城市是没有供暖烟囱的。

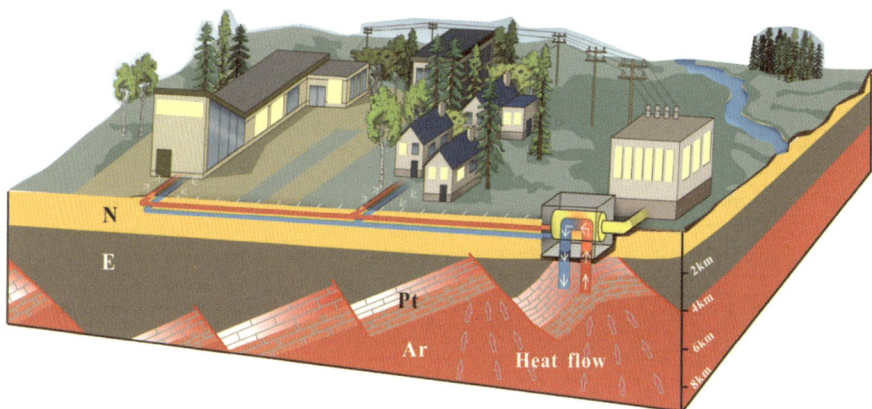

开采井及回灌井的循环利用

上图形象地展示了一对井的循环利用，红色是开采井，蓝色的是回灌井。在岩溶储层开采了热水后，将其送到供热站经过换热，再送到各家各户。随后降温的地热尾水再回来，从冷水井回灌下去，这样实现了循环往复的利用。

这个工作引起了国际的关注，很多国内外的专家学者到井口、供热站以及老百姓家里看整个系统，都赞不绝口。现在中国的岩溶热储的规模是目前世界上最大的。

治理华北雾霾必须是整体性的。京津冀联动还不够，我们要把山东和河南都加进来，整个华北地区一起治理才会有效。中国1/3的国土有非常好的地热储层，所以它的勘探、开发、利用的前景和潜力是巨大的。

如果把中深层的地热与浅层地热相结合，然后再进一步探索干热岩深层地热的开发利用，对可再生能源以及整个能源供应会起到更大的作用。

扫一扫 看演讲视频   扫一扫 听演讲音频

郑军
/
未来海底两万里

郑军，专职科幻作家，同时也是极少数投身于科幻非小说类创作的作家，擅长科幻历史研究、理论探讨以及对科幻艺术的评论；迄今为止已出版长篇小说九部、评论著作两部、心理健康读物四部、中短篇小说三十余篇、评论文章三百余篇、各类科普文章二百余篇，代表作《时代之舱》。

马航MH370失事以后，包括中国在内，世界上很多国家调动了大量的人力、物力和先进设备去搜救它，但是直到现在，该事件仍然没有定论。

这个事件刚发生不久，网络上就传出了很多阴谋论，说科技这么先进，飞机掉下去怎么会找不到呢？提醒大家一个事实，这个星球应该叫水球，不能叫地球。因为它71%的面积被水覆盖，除去大陆架、浅海部分，仍然有50%以上的面积是深海，一架几十米长的飞机掉下去找不到是很正常的事情。

其实我们对巨大的海底世界是不了解的，全世界只有中国、俄罗斯、美国、日本、法国5个国家的5个深潜器能够带人下到深海，但是人们每年向太空发射几十乃至上百个航天器，仅中国就有几十个飞行器发射上去，所以人类对太空和深海的关注还是有很大差异的。

中国不是海洋文学大国，我们没有多少海洋文学的经典。很多人是通过《海底两万里》这本书第一次接触深海的。这是150年前人类想象的深海，很多人认为，潜艇是凡尔纳在这部书里提出来的，从那以后才有潜艇，这种看法其实是不对的。

潜艇是1670年由号称"海上马车夫"的荷兰人发明的，凡尔纳写《海底两万里》的时候，潜艇已经发展到能够在美国南北战争中投入战场的程度，所以潜艇的概念不是由这本书提出来的。

凡尔纳真正的贡献是什么？书的主人公叫尼莫船长，是一个印度抗英的英雄，反抗英国失败以后，为了躲避英国的全球通缉，他就带着他的伙伴进入了深海。他必须在不露出海面的情况下生存，一切资源都要在海里解决：他船上的电是靠海里的矿石产生的，吃的糖是从海藻里提炼的，睡的床是从大叶海藻上裁下来的，手里用的笔是用鲸须制造的，用的墨是章鱼的墨汁等。

如果这条船不出于战争目的，它就是一个完整的深海资源加工厂。凡尔纳提出的真正科学设想是人类可以开发深海，从中甚至可以获得比在陆地上更多的物资，保持一种自给自足的状态，这便是150年前的《海底两万里》。

未来的"海底两万里"，首先要讲到的是人类如何去深海。潜艇是在浅海里活动的，一般潜艇的巡航深度是几百米，因此要下深海必须用深潜器。因为潜艇要装很多的人和武器，所以壳体的内径要做得很大，但海水的压力是每10米增加一个大气压，这样它就潜不了很深，很深的话海水就把它的外壳压垮了。中国的潜水器载人的部分的直径只有2.1米，比家里的卫生间还要小，因此在这个空间内，人只能缩在里面。人类进入深海是很难的。人类是哺乳动物，不能适应深海的环境。但同样作为哺乳动物，抹香鲸深吸一口气，最深能潜到3千米，而人类深吸一口气扎进去，最深纪录只有110米。

另外，所有的深潜器最大的缺点都是速度很慢。潜艇在几百米处巡航，它能有每小时几十海里的速度（几十节）；但深潜器的速度应该比我们散步还要慢，可能一小时一海里左右。因此，世界上50%的未知面积靠一小时一海里的龟速前行，显然是远远不够的。

幻想一下，将来用什么样的深潜器下大海呢？鳐鱼是海里的鸟，两翼伸出来可能有三四米。海里的鸟可以利用流体力学的方式上浮和下潜。美国工程师霍克斯提出，人们可以利用流体力学原理制造一个靠速度下潜的潜水器。

飞机是怎么飞上天的呢？飞机翅膀的剖面不一样，上面是弧形，下面是平的。在飞机加速时，它下半部分的压力大，这样就能把飞机托起来。霍克斯就反其道而行之，把翅膀拧下来，让它上面是平的，下面是弧形，这样做一艘船。这艘船加速时，上面的水压就把它压下去了。

回忆一下航空发展史。在莱特兄弟造的第一艘飞机问世之前，天上飞的是什么？气球和飞艇，尤其是德国人在第一次世界大战的时候把飞艇造成200米长，是个庞然大物。而飞机飞上去以后，快速、灵活的优势体现出来，飞艇是完全不能与它对抗的。

现在我们有了潜艇和潜水器，就相当于当年的飞艇，它是靠浮力上浮和下潜的。霍克斯创造的潜水器很可能是未来的"水下飞机"，他把它叫作超级飞行器。

如果在网上搜索超级飞行器，搜索出来的不是在天上飞的，而是一个在海里飞得越快潜得越快的飞行器。它将来可以在海底盘旋，在深海里可以达到几十节的速度。

当时我在小说里写过这种东西，把它设想得非常大，可以在海底做考古工作。像泰坦尼克号这样的历史名船，沉了不知道多少艘。沉到几千米的大洋下，要花费很多钱才能去看一看。如果有这样一个飞行器，你可以在海底慢慢找，把很多失踪的历史名船都找出来。

霍克斯的水下飞行器只是个样机，即概念机，只能潜到100多米。他没有钱制造，现在他到处"化缘"拿到的钱可能也就是一二百万美元，所以他造的这个机器只能说明他的概念可以用。它在潜海历史上的地位，很可能相当于莱特兄弟的飞机。如果中国拿到了原始的创意，投入巨资把它做出来，做出一支海底舰队，就能够征服几千米深的海洋。

人类在水下需要克服的最大障碍就是水压。人类在浅海建造过一些建筑，如迪拜的水下旅馆，大概建在水下的十几米到二十米处，你可以透过上面看到周围的景色。马尔代夫也有，南海也在造，这些都是在近海，人不需要任何训练就可以去。

科幻作家所设想的海底城市都是球形的。为了克服水压，只有球形才能均匀地承受压力，不至于产生太大的形变，而且它仍然建造在浅海。

在非常清澈的、一点污染都没有的大海中，阳光最深只能穿透到200米。那些非常优美的珊瑚礁、鱼都是在一二百米深的海里拍的。

法国人设计了一座海洋城市，但它是半潜式的，上半部分在海上，下半部分相当于把一艘船做成尖底的扎下去,它可以到海下大概一二百米的位置,但是这座海洋城市没有造出来。估计这也是出于旅游的目的,不像一个科考的概念。

有两部介绍海洋的科幻作品。一个是苏联作家别利亚耶夫的科幻作品《种海人》,讲了一个苏联渔民在远东地区的海底搞建筑,在海底种植海藻、养海带,可能最后还要养鲸、海豚,这些都是智力很高的动物,可以被人类驯养。这个小说写于20世纪30年代,到现在也有80年了。

另一部作品是20世纪70年代007系列电影中著名的一部,叫《007之海底城》。其中反派主人公叫史登堡——船运大王,他在电影里和邦德说了一句有名的台词:"人类连周围70%的地域都还没有研究到,为什么你们都天天着急上太空呢?"他造了一个海底城,想把地球上的人类都消灭,用原子弹让人们互相攻击,然后海底城的这些人出来统治地球。为了这样一个目的,他造的海底城内部空间非常大,物资都储备好,因为他在海底要生活半年到一年的时间。当然这只是科幻作品。

人们去了海底住在哪里呢?由于海底很黑,去海底的人大多还是为了科考,如小规模的锰结核开采。我们都知道,南海有中国的石油钻井平台,它是固定坐落在那里的,无论开采多少石油,周围的石油都要流过来。但是锰结核几乎是平铺在海底表面的，据说最密集的地方1平方米只有100千克，因此开采的母船采空了海底这一片锰结核后，就要马上开走。

世界上第一个用来开采深海矿藏的船是中国制造近代军舰的船厂——福建马尾船厂制造的。洋务运动时，我们只能跟在西方人后边，他们造最先进的船，我们跟着造一些"山寨"的小船。现在在这个领域里，中国已经走到了世界前列。这个船有220米长，据说可装载45 000吨矿藏。

中国现在有几个海底领土，太平洋上有三个，印度洋上有一个，这些海底领土加在一起面积超过150 000平方米，相当于河南省那么大。海底的事谁管呢？有一个机构叫国际海底管理局，总部设在牙买加，它批准了我们的这四个海底领土。国际海底管理局批准的海洋领土叫海底资源专属区，其中获批的海洋领土面积最多的国家就是中国。我们拥有世界上最多的海底资源的专属矿产，现在的技术能力和工业能力已经达到了，一年生产的铁占世界上百分之六七十，拥有冶金、开采能力，而高精尖的能力还达不到。但中国将来很有可能成为世界上开发锰结核的第一大国。

回想一下历史，当人家在探险的时候，中国还在抵御外敌入侵。开始建设经济的时候，地球表面几乎都开发完了，我们国家可开发的就极少了。但是全世界还有50%的深海面积没有被开发，因为这完全依靠技术力量，这些地方只有留给能够潜到海底的五个国家才有应用价值，而在海底资源方面，中国是明确拥有发展前景的国家。

扫一扫 看演讲视频　　　　　　　　扫一扫 听演讲音频

崔维成
/
走进深渊

崔维成，上海海洋大学深渊科学技术研究中心主任、上海交通大学第一批"长江学者奖励计划"特聘教授；担任中国载人潜水器"蛟龙号"现场海试副总指挥，三位试航员之一；曾担任中国船舶科学研究中心所长；2013年加盟上海海洋大学，首次引入"国家支持+民间投入""科学家+企业家"的产学研合作新模式；现已全职加入西湖大学，受聘为前沿技术研究所深海技术讲席教授。

　　我与深海结缘是非常偶然的机会。2002年，我在上海交通大学当"长江学者奖励计划"特聘教授，那时候中船重工集团党组找到我，希望我到无锡中船重工702研究所担任所长职务。我答应了，到所里以后，我才知道除了所长这个担子以外，还需要我负责"蛟龙号"项目的研制，那时候研制项目刚刚启动。

回到所里一看，整个团队里退休返聘的加上在职员工仅十来个人。要做这么大的项目，怎么可能呢？当时我们的总设计师徐芑南是返聘的，已经67岁了，我们的进度又很紧张，人手也不够。

我们就让当年所里招到的20个年轻人中的16个人加入这个团队。不管专业对口不对口，先把岗位填起来，解决员工有无的问题，所以"蛟龙号"就是由这样一支年轻的团队组建的。

我们所有人都没有见过大深度载人潜水器是什么样的，中间遇到的困难非常多，曲折也很多。但是经过10年坚持不懈的努力，我们最后还是把"蛟龙号"（见下图）研制成功了。

"蛟龙号"载人潜水艇

在这个过程中，由于这个方向不是我的专业，所以我自学了很多深海技术方面的知识。我也第一次正式地负责大型工程项目的管理，也学到了很多管理方面的知识。

更为幸运的是，我后来在海试的过程中加入试航员的团队，能够亲自下到深海9次，最大深度为7 035米。

相信很多人好奇，深海到底是什么样子。这个问题我也很难回答，我只是到了深海的一个点，在那里航行了1千米左右的距离。海洋里面隐藏着很多的奥秘，还需要我们去揭示。

我们吃的很多鱼、虾来自海洋，如果我们把海洋利用好，海洋养殖可以给人类提供蛋白质的保障。深海里面矿物质资源、稀有金属的元素的含量也比陆地上多很多。

海洋里还有很多珊瑚，各种冷泉、热泉生物，热液喷口，热液硫化物等。海洋实际上是人类未来可持续发展的重要资源存放场所，所以研究海洋是非常有意义的。

因为"蛟龙号"项目的成功，中国从一个在载人深潜领域默默无闻的国家，变成了一个拥有超大深度载人潜水器的国家。实际上这个进步是很大的，国外也承认中国已经进入载人深潜技术发达国家俱乐部了。现在国际上有5个国家拥有大深度载人潜水器，而在作业型载人潜水器中，我国的潜水器是潜得最深的。

那能不能说中国的深海载人技术就是世界领先的呢？作为一个科技工作者，我感觉还不能这么骄傲，不能这么狂妄。我们在"蛟龙号"研制的过程中，有很多的设备都是与国外的公司、企业一起合作，联合开发的，国外还有很多值得我们学习的地方，我们还需要进一步深入消化。

另外，在我们研制"蛟龙号"的同时，国际上已经有人把眼光瞄向了最深的 11 000 米的深渊，他就是电影导演卡梅隆。2012 年"蛟龙号"海试之前，他已经下潜到了 10 898 米。

所以这就告诉我们，中国载人深潜技术不能停顿，我们也应该快马加鞭地研制下潜深度为 11 000 米的全海深作业型载人潜水器。按照我们国家原来的规划，本来"十二五"期间的计划是进一步打基础，把国外引进的技术进一步国产化，所以我们研制的是下潜深度为 4 500 米的载人潜水器，研制下潜深度为 11 000 米的载人潜水器项目要到"十三五"的时候才启动。

当时是 2012 年，距离"十三五"还有 3 年，这样的计划太慢了，能不能马上启动呢？"蛟龙号"项目当时只研制了一个载人潜水器，不是完整的系统工程，配套的母船、无人救援设备或协同作业设备也没有立项，留下很多遗憾，科研院所的技术成果也没有同步地转化。

这些方面能不能做一些改进？这是我在海试期间思考的问题，我后来提了出来。在研制下潜深度为 11 000 米的载人潜水器项目里，我们按照系统工程的方式来推进。

深渊科学技术流动实验室

所以，我提出了一个深渊科学技术流动实验室的概念，要搞就搞3个着陆器，一个下潜深度为11 000米的无人潜水器，一个下潜深度为11 000米的载人潜水器，再有一个专业的母船，构成一个完整的系统（见上图）。

如果有了这样的系统，国内以及国际上的海洋科学家会很兴奋。国际上有四十几条深渊海沟要去考察，如果有那么先进的装备，做海洋科考的研究人员就可以做出很多的科学发现。对于中国来说，还可以填补深渊科学的空白。

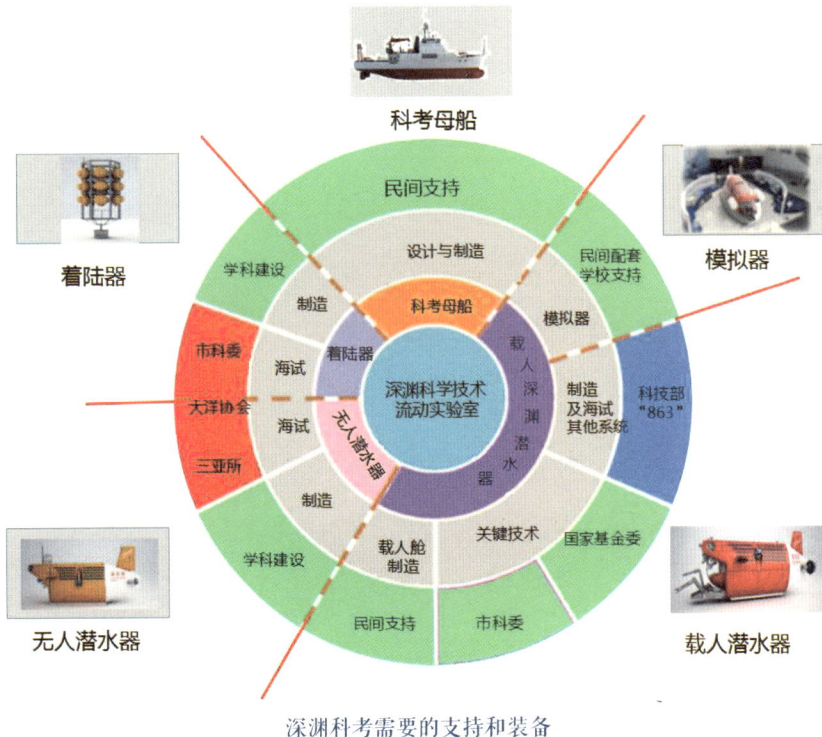

深渊科考需要的支持和装备

这个概念很好，但是上图中的每样东西都很贵，要把这个东西做出来需要花很多的钱。根据以往的经验，为这样一个完整的项目立项，估计要花很长的时间，而且按照体制分工，图中所列这些并不在一个部门里，协调起来很困难。

所以，我设想了另外一个方式——体制内加体制外的思路。我把整个项目的经费需求变成一小块一小块的，然后再看这一块谁做比较合适，那一块谁做比较合适，体制内不愿意做的就找民营企业来做。我通过这样一个分解的办法来推进这个项目。

有了这个概念以后，项目推进效果还是非常好的。最难立项的就是科考船，我花了4个月找到资金，8个月完成设计，一年多的时间完成建造。以"张謇号"作为母船，从立项到"彩虹鱼号"潜水器和着陆器的下水，共花了两年多的时间。

2016年7月下水以后，我们先跑到巴布亚新几内亚的新不列颠海沟做了科考。在上海海洋大学、上海地方政府等有关部门的大力支持下，无人潜水器和着陆器的经费有了保障。

我的团队也就十几个人，4个人一组做着陆器的研制，还有10个人一组做无人潜水器的研制。我从2013年开始招兵买马进行设计，到2014年完成设计并开始装备，再到2015年10月在南海完成了4千米级的样机海上实验。

2016年12月，我们用自己的"张謇号"（见下页图），带上改进以后的无人潜水器，再带上研制的3个着陆器，开始挑战世界上海洋的最深处——11 000米。

"张謇号"的海上试验和科学考察

其中3台着陆器都到达了挑战者深渊，工作正常。无人潜水器由于风浪太大和另外一些因素，只下到了6 300米的深度。这次的着陆器到达了马里亚纳海沟并取得了丰富的海底样品——海水、沉积物和海底生物等海洋资源。

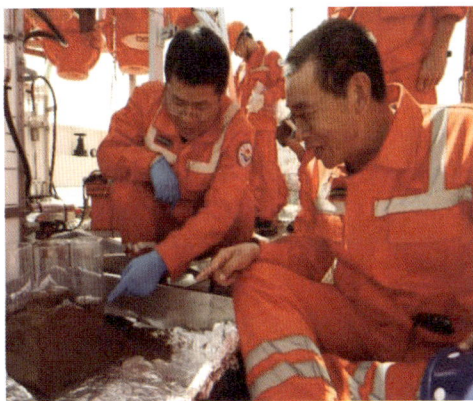

科考人员发现海底样品

同时，我们又花了两个月去考察另外两条海沟——玛索海沟和新不列颠海沟，做了系统而完整的科考。之后经过船的测量和着陆器的标定，我们更新了3条海沟最深点的值以及位置。

在这个过程中，4个人的年轻团队，1个刚毕业的博士生，带着2个在读的硕士生、1个在读的博士生，4个人研制3台着陆器，取得了非常大的成功。

我在另外一个团队投入的都是精兵强将，有"蛟龙号""海马号""海王号""龙皇号"研制经历的技术骨干，但无人潜水器团队没有达到计划的海试目标，查找原因后，我们发现团队在理念上不一致。

怎样让科研人员安下心来专心致志地做科研，是当下一个摆在我们面前的重要问题。只要把科研人员的心态安定好了，这些技术我感觉一点都不难实现，人才不是问题。在体制里面，几十家单位参加了"蛟龙号"的研制，有几百人的规模。实际在上海海洋大学，我到现在也只有一个22人的团队。

在做无人潜水器的同时，因为我们的真正目标是载人潜水器，所以也对载人潜水器的其他一些关键技术和关键设备，同步开展了样机的研制攻关。

其中最难的就是载人舱（见下页图），无人潜水器加载人舱近似于载人潜水器。两年以前，我们启动了载人舱研制的国际合作项目，调研下来发现让芬兰来做最合适。我近期刚去过芬兰，进行项目的阶段交流。

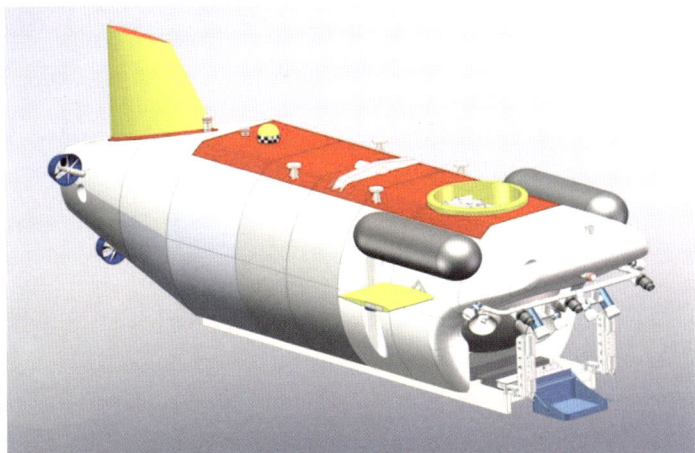

研制攻关载人舱

同时，我们找一家民营公司投资做了"张謇号"，同时也在投资造"叔同号"，最近还在收购其他一些船厂，之后我们还想造条破冰船。这家公司发展得很好，希望它发展成一个能够提供全海深、全海域服务的民营机构，作为国家体制的一个有效的补充机构。

整个项目做下来以后，我的体会是技术实际上并不是很难，人才也不是问题。技术上的很多问题，通过科学的分解可以得到解决。从事前沿科学技术的研究，个人的专心致志和团队的齐心协力是关键。但是在现在的环境下，怎样让个人能够专心致志，怎样让一个团队能够齐心协力，这需要下大功夫。

凭借团队的齐心协力，科学技术的发展还可以走得更快。实际上中国攀登世界科技高峰，是完全可以实现的。在中国培养世界一流的科学大家、科学大师，也是完全可行的。大家回忆一下当年研制"两弹一星"的时候，我们的基础、人才、物质条件是很差的。现在我们的物质条件已经好多了，但是面临新的问题。

"可上九天揽月，可下五洋捉鳖"，这是中华民族五千多年的梦想。随着科学技术的进步，这样的梦想实际上离我们已经非常近了。有可能未来5年内，中国的科学家可以下到11 000米的海底，中国的航天员就可以登上月球。

科学的发展是没有止境的，人类的探索也是没有止境的。我相信随着人类科学的发展，我们眼中的世界会越来越广阔，前景还是非常美好的。

这是科学好的一面，但是在这里我还想提醒大家，科学是一把"双刃剑"。用好了它可以造福人类，给我们提供优质的物质生活；但是反过来，科学也可能给我们带来很大的伤害。

比如，在南海，我们发现了可燃冰，可燃冰的开采技术取得了较大进展。就可燃冰的开采来说，我们需要考虑用什么速度和方式开采，才不会对海洋的生态系统带来重大的破坏，甚至带来毁灭性的影响。如果在开采过程中发生一些事故，怎么处理、应对？如果对这些问题没有深入地研究，应急预案没有准备充分，就贸然开采可燃冰也可能给人类带来毁灭性的灾难。

　　对于这样一些前沿科技，我在不同的场合都会强调，我们既要看到科学光明的一面，也要看到科学可能给我们带来的副作用，一定要把它用好，才能真正造福人类。

　　希望大家一起努力，为了中华民族的伟大复兴而努力奋斗！

扫一扫 看演讲视频　　　　　　扫一扫 听演讲音频

第四章

大飞机的大时代

对话吴兴世
/
国产大飞机之路

[独家对话] 珠海航展落幕：总设计师如何点评中国大飞机？

吴兴世，国家大型飞机重大专项咨询委员会委员，历任上海飞机设计研究所设计员、研究室副主任、副所长兼总设计师、所长兼总设计师；长期从事大型民用飞机设计、技术研究和项目管理工作，曾参加中国第一架大型喷气客机运十的研制，同时也是新型涡扇支线飞机 ARJ21-700 研制的首任总设计师；先后在中国空气动力研究与发展中心、中国直升机设计研究所工作。

当年，国家领导人觉得上海工业基础非常好，可以研制飞机，就提出在"轰六"的基础上开发一款中型客机。因此，为了改变中国客机依赖进口的局面，1970年8月，中央军委、国家计委向上海市下达了大型客机的研制任务，代号"708工程"，该飞机型号后命名为"运十"。

经过全国十几个部委近300多个单位的协同工作和13 000余名科研人员的辛勤努力，运十01架机体于1978年11月顺利通过静力试验，02架飞机于1980年9月26日首飞上天。

对于ARJ21-700飞机原总设计师吴兴世来说，这个日子是尤为激动而难忘的。吴兴世1967年从西北工业大学飞机系毕业，1972年在上海飞机设计研究所正式参加运十飞机的研制。吴兴世把他一生的心血和精力都投入到了发展祖国大飞机的事业当中。

这40多年来，从运十飞机实现重大突破到暂时被搁置，吴兴世与运十飞机一起经历了太多的风风雨雨。谈到最深的感受时，吴兴世深情地说道："这辈子能够有幸与有肝胆相照的人共事，从无字句处读书，也算是为落实国家自主研制大型飞机、发展有竞争力的航空产业，做了自己应该做的事。"

吴兴世还表示："在这个过程中，让我感到特别兴奋的是1980年9月26日运十飞机的首飞。运十是我国第一款自行研制的大型客机，是发展大飞机从0到1的突破，有大家公认的十大关键技术突破。我就是通过参加运十团队进入了中国的大飞机事业，运十的研制应该是我国落实自主研制大型飞机、发展有市场竞争力的航空产业的第一次伟大实践。

"运十的研制实现了一个重大突破，但是后来由于种种原因，在1985年被搁置，一直到2008年才有大型飞机的立项实施，这中间差不多有20多年全程实践的空白。ARJ21飞机是新型涡扇支线飞机，它填补了我国喷气支线飞机自主研制的空白，意义重大。这就像锻炼肌肉一样，哪块肌肉你经常去锻炼它，它就会发达；什么地方老不动，就会萎缩。所以ARJ21的研制进一步夯实了我国发展大型飞机的基础。

"宏观上看，C919在设计方面最大的亮点就是充分体现了发动机省油、低排放的优点，同时克服了该优点带来重量增加的缺点。从目前的技术准备情况来看，C919比现在天上飞的150座干线飞机要优越，与波音、空中客车这类采用新的先进发动机的大型飞机的水平相当。

"发展大飞机在国家转变经济增长方式、带动科学技术的发展、增强国家的综合实力和国际竞争力、加快现代化步伐等方面具有重大意义。所以党和国家历届领导人高瞻远瞩，高度重视发展中国的大飞机。让中国的大飞机翱翔蓝天，从而让全世界人民爱上中国用智慧制造的大飞机，这是全国人民多年以来的愿望，也是中国梦不可分割的一部分。"

扫一扫 看演讲视频　　　　扫一扫 听演讲音频

吴兴世

/

大飞机的大时代（第一集）

吴兴世，国家大型飞机重大专项咨询委员会委员，历任上海飞机设计研究所设计员、研究室副主任、副所长兼总设计师、所长兼总设计师；长期从事大型民用飞机设计、技术研究和项目管理工作，曾参加中国第一架大型喷气客机运十的研制，同时也是新型涡扇支线飞机ARJ21-700研制的首任总设计师；先后在中国空气动力研究与发展中心、中国直升机设计研究所工作。

什么是大飞机？大飞机指的是现代的大型飞机，包括大型的民用飞机、大型的军用运输机以及根据这两种飞机研发的大型军用特种飞机，像我们经常看见的预警机、加油机、海上巡逻机等。

我于1972年从航空工业的其他单位调到了上海飞机设计研究所，

来参加中国第一架大型客机运十的设计，从此就加入了中国发展大飞机的队伍。我到了上海飞机设计研究所承担的第一个任务就是要解决运十飞机上的50块操纵面和活动面的问题。

大家坐飞机的时候可以看到，起飞和着陆时放的襟翼，在天上飞时副翼、方向舵、升降舵都不停地在动。当时要解决的是什么问题呢？运十是一个110吨重的大飞机，当时马凤山总设计师下决心要靠一个人的力量来操纵这个飞机，即在飞机的舵面上，如升降舵、方向舵上面装一块小舵面的调整片。

操纵飞机的时候先让小舵面转，产生的气动力带动大舵面转，再把110吨的飞机带起来，"四两拨千斤"，这是一个很好的、在很多飞机上使用过的方法。但"成也萧何，败也萧何"，它的缺点在于如果设计不好的话，飞机速度快到一定程度时，它会发生一种危险的振动——颤振。我当时的任务就是解决气动弹性的设计和验证问题。

但是，发展大飞机要想找到这样"四两拨千斤"的方法很难，那么要达到什么样的程度才能做到呢？要举全国之力，把自主研制大型飞机、发展有市场竞争力的航空产业当成一项坚定不移的国家战略才能实施。反过来看大飞机的发展，它对国民经济发展和科学技术进步倒是有"四两拨千斤"的作用。

大飞机的广泛使用，让地球变得越来越小，人与人之间的距离越来越近了。比如，现在出国旅游或者留学，一上飞机24小时之内准到。中国航天之父钱学森先生那时候到美国去留学，就不像现在这么简单，当时坐轮船要坐两个月。所以大飞机不简单，它创造了一个大时代。

大型民用飞机是指100座以上的民用飞机，大部分是150座以上的，如国产客机C919、波音737、空中客车A320等。中国在20世纪70年代研制的运十是一种远程的大型客机，它是180～200座的。2015年年底，C919大型客机也下线了，波音和空中客车都有了一系列从小到大的产品。

大型民用飞机在20世纪50年代后期横空出世。到现在，用中国话来讲，方届花甲之年（60岁）。它开创了一个航空公司与客户双赢的喷气航空运输时代。

这个双赢就是大家都赚钱、省钱，都有好处。大型民用飞机的数量在所有民用飞机中占到九成以上。大飞机包括了"一文"（民用飞机）、"两武"（军用运输机和军用特种飞机）。大型民用飞机是民用飞机的老大，是大飞机的主体。

大型军用运输机最典型的例子就是，现在已经成功研制并装备了部队的运二十大型运输机。大型的军用特种飞机比较有名的，像中国和俄罗斯都用伊尔-76大型军用运输机，我们研发的空警-2000，俄罗斯的A50，还有美国人用波音737客机研发的P-8海上巡逻机。此外，还有KC-46A加油机、E-767预警机。它们是现代战争中少不了的装备。

因为现代战争与以往是很不一样的，不是单靠陆军，也不是单靠海军，而是靠各个军种、兵种，是一体化的作战。它的三大特点是信息主导、精准的打击，同时联合制胜。所以，这两种军用飞机成了不可替代的装备。

对中国来讲，我们要强有力地维护我国的国家安全和发展、主权、海洋权益，还有战略通道和海外利益。所以，这两种飞机也是我们要大力发展的航空装备。

扫一扫 看演讲视频

扫一扫 听演讲音频

吴兴世

/

大飞机的大时代（第二集）

吴兴世，国家大型飞机重大专项咨询委员会委员，历任上海飞机设计研究所设计员、研究室副主任、副所长兼总设计师、所长兼总设计师；长期从事大型民用飞机设计、技术研究和项目管理工作，曾参加中国第一架大型喷气客机运十的研制，同时也是新型涡扇支线飞机ARJ21-700研制的首任总设计师；先后在中国空气动力研究与发展中心、中国直升机设计研究所工作。

大型民用飞机、大型军用运输机和大型军用特种飞机有很多共同特点，比如它们都用了一种叫作涡轮风扇的、低油耗的大推力发动机。所有大飞机依托的技术基础和大多数现代的工程技术领域都有着密切的关系。所有军用的、民用的大飞机依托的技术基础和它们的研制生产以及向客户提供服务动用的资源都有很大的共通性。所以能够造大飞机的国家都是按照军民融合发展、军民分线经营的办法，高效率地研制生产大飞机，并且向客户提供服务的。

大飞机有一个所谓的"洪荒之力"。它是利用了成套先进的专用技术综合应用的成果，成套的先进技术叫作大型民用飞机产业体系。它在大飞机交付给用户以后，在使用中不断接受考验，证明了用这个技术是过关的。

我们可以看到这样的技术体系不断地在市场检验中形成和发展。大型飞机作为一项高端制造业，和所有的基础工业以及其他的高端制造业都有密切的关系，它体现了国家工业信息化的科学基础和科学技术水平。

在大飞机中，大型民用飞机是主体；在民用飞机中，大型民用飞机占的份额最多。主体和"老大"是怎么养成的？大飞机依托的技术体系，即大型飞机的技术能力体系，能够真正发挥作用，化为生产力的物质基础。

另外，大型民用飞机是一种特殊的商品，必须具有适航性。这个适航性是什么呢？就是大型飞机在全生命周期之内，必须符合政府部门代表公众的利益所颁发的适航标准。一个人做点好事儿并不难，难的是一辈子做好事，件件做好事。飞机也是这样，能够持续地处于安全、合规营运的状态很不容易。大型民用飞机有很多优点，而其高昂的代价都与

"持续"的关系非常密切。

怎么样把大型飞机生产、研制出来？这个生产经营模式的两个特色使它效率特别高。第一个是新型的主制造商－供应商模式，即企业和供货的制造商们在整个研制生产环节中，如果供应商的能力比主制造商的能力还大，就由它替代这个角色，这样就形成了主制造商和供应商互利双赢、长期合作的战略同盟，从而取得高效益。

第二个就是发动机、机载设备、材料的研制供应和服务，这采取的是一种专业化、国际化的模式，不是飞机厂商自己干，这样可以加快研制进度，提高生产效率，开拓海外市场。

像美国飞机波音787有一种构型装的是英国罗尔斯·罗伊斯的发动机，空中客车A380有一种构型装的是美国普惠和GE联合研制的发动机。实践证明，经过市场检验的、在市场机制作用下形成的大飞机的技术能力体系，以及有特色的生产经营方式，是它们在市场驱动、客户驱动和现代科学技术发展的驱动之下走到今天的基础。

扫一扫 看演讲视频　　　　　扫一扫 听演讲音频

吴兴世

/

大飞机的大时代（第三集）

吴兴世，国家大型飞机重大专项咨询委员会委员，历任上海飞机设计研究所设计员、研究室副主任、副所长兼总设计师、所长兼总设计师；长期从事大型民用飞机设计、技术研究和项目管理工作，曾参加中国第一架大型喷气客机运十的研制，同时也是新型涡扇支线飞机 ARJ21-700 研制的首任总设计师；先后在中国空气动力研究与发展中心、中国直升机设计研究所工作。

今天的大型民用飞机作为一个交通运输工具，讲究的是安全、经济、环保、舒适。如果用乘客在 10 000 千米行程中发生事故的比例来衡量，它是人类所有的交通运输工具中最安全的。

从经济性的角度来说，它的航段比较长，百公里每乘客耗油量为2升，这要比汽车好；从环保性的角度来说，发动机废气的排放污染及噪声符合与时俱进的、最严格的国际环保法规；从舒适性的角度来说，飞机飞到12 000千米时，座舱的大气压力相当于昆明市中心的大气压力，同时还有宜人的湿度、豪华宾馆般的装置。那么，我们大型民用飞机不着陆的最远航程是多少呢？最高到16 000千米；它的速度最高差不多接近1 000千米/时；它的最大商务载重可以到80吨，载800名乘客。

我们前面提到，大型民用飞机作为大飞机的主体，对于整个国民经济和科学技术的发展有着"四两拨千斤"的重要牵引作用。那么，这个作用是怎么体现出来的？首先，大型民用飞机能够创造很大的、直接的经济效益，预计将来20年内，全世界的大型民用飞机要新增37 000多架，价值59 000亿美元，同时它能够支持实现170 000万亿人·千米的客运周转量。

中国在未来的20年里，客运周转量和大型民用飞机机队的数字也要分别翻三番、翻两番，从现在的8 600亿美元变成了28 000亿美元，飞机的架数要达到7 000架就要新增5 000架，相当于75 000亿美元。中国的大型飞机产业一定能够为国家创造巨大的经济效益，并且在国际市场上占有一定的地位。

大型飞机、大型民用飞机更重要的一个作用是能够显著地带动国民经济的增长，能够牵引科学技术的进步。实际上这是大飞机的产业关联效应做出了贡献，这个贡献有三个方面：第一个是它用需求牵引来带动上游企业的发展；第二个是它用提供的物质基础来促进下游企业的发展，比如，帮助中国的航空运输业实现中国从航空运输大国向强国的发展；第三个是根据产业的牵连效应、旁侧效应，它的体系给予了其他产业巨大的正能量，其他产业通过升级来调整结构，实现技术进步，从而有效地配置资源。

现在世界上大型民用飞机产业领先的是美国，它的产值占美国航空工业总值的七成，虽然美国航空工业对GDP的贡献不到1%，但是美国80%的经济活动受到了它正面的影响。

早在1991年，航空工业的产值是1美元，它能够让美国国民经济产值增加2.3美元；投入1亿美元，10年以后，航空工业和其他产业的产值就可以达到80亿美元，这是相当可观的。

对中国来说，大型科技项目的责任主体，也就是中国商用飞机有限责任公司（以下简称"中国商飞公司"），在大型科技项目当中，吸收了全国23个省市的200多家企业和57所高校，它们一起参加了大型客机的研制。同时，中国商飞公司帮助了16家大型材料企业和57家标准件企业提高技术能力，符合相关的要求，研发新的产品，达到国际标准，具备了成为国际航空工业供应商的能力。中国商飞公司和中国航空工业集团公司携手建立了一个辐射全国、面向世界的中国大型民用飞机产业的集群，它涉及的从业人员达到了46.6万人，此外还借这个机会，促进了国际知名企业和中国本地的航空工业企业合作，建立了16个大型飞机机载设备和系统的制造企业，为航空工业创造了新的经济增长点。

大型飞机带动科学技术的发展主要体现在三个方面。第一个是大型飞机的技术发展是在基础科学、技术科学的双向互动发展过程中实现的，如对系统科学、材料科学、环境科学、数学、力学、热物理、化学这样的基础应用学科的研究提出了新的要求。反过来，它也依托这些新的基础研究成果，来实现自己的技术发展。

第二个是它巨大的产业扩散效应带动了其他相关产业的技术进步。日本人做过一次统计，500项技术扩散的案例中航空产业大概占了60%，这样的扩散效应产生的经济效益是航空产品的15倍。投入1亿元，最后能够使国民经济的产值增长到80亿元。

第三个是大型民用飞机的技术能力体系。这个结构是以人为本的，它有专业技术团队、硬件平台知识支持、管理系统和外部的支持系统，这四大块和整个国家的科学技术体系是很相似的。所以大型民用飞机的技术能力体系不断地在市场的考验中生存和发展，同时不断有效地创造最大的经济效益，这对科学技术体系的建设和发展来说也是一个正能量的榜样。

　　党和国家的历任领导人都十分重视发展中国大飞机产业。1970年中央决策研制运十，运十在1980年成功首飞，科研试飞时飞抵了全国的十大城市。1986年、1993年和2007年，中央又分别做出了发展中国大飞机的重大决策。到了今天，自主研制大飞机、发展有市场竞争力的航空产业，已经成为一项坚定不移的国家战略。经历了40多年漫长的历程，它正在以一种不动摇、不懈怠、不折腾的方式一以贯之，锲而不舍。今天的运二十已经装备部队；C919也要马上起飞（注：C919已于2017年5月5日成功首飞），ARJ飞机是第一次实现了自主研制的喷气客机，并进入了航空工业的市场，缩小了我们与国外的差距。

　　这就是民用飞机的研究生产和客户服务的全过程的实践。今天的成绩确实来之不易。

扫一扫 看演讲视频　　　　　　　扫一扫 听演讲音频